아버지가 변해야
가족이 행복하다

가·족·은·서·로·에·게·관·심·이·다

아버지가 변해야 가족이 행복하다

사이토 사토루 지음_ 이규은 옮김_

종문화사

들어가는 말

아버지 본연의 모습이 과연 어떠해야 하는지가 가장 절실하고 심각한 문제로 떠오르고 있는 것이 오늘날의 현실이다.

특히 아이들에게 예의범절을 가르치고 교육을 하는 데 '아버지의 부재'가 커다란 문제가 되어 있다.

오늘날의 아버지들은 일만을 중하게 여기고 아이들을 키우는 일은 아내에게 일임해 왔다. 아내들은 가족의 여러 가지 문제에 직면해서 혼자 고민하고 격투를 벌여 왔지만, 많은 아버지들은 가족의 문제를 소홀히 하고 하찮게 여겨 왔다고 해도 과언이 아닐 것이다.

따라서 지금 대부분의 아버지들은 가족에 대해, 특히 아이들에게 무슨 일이 일어나면, 어떻게 해야 할지 몰라 쩔쩔매고 있는 것처럼 보인다. 나에게도 그런 아버지들이 많이 찾아온다. 심각한 고민을 안고 있는 사람도 적잖다.

얼마 전에 큰 식품회사에 다니는 아버지가 허급지급 찾아왔다. 장남이 집 안에서 폭력을 휘두르기 때문에 함께 살 수 없는 상태이니 어찌하면 좋은가 하는 상담이었다. 이 장남은 중학생 때까지는 얌전하고 성적도 좋아 자랑스런 아들이었는데, 고등학교 2학년 때부터 학교에 가지 않게 되고, 18세 때 우선 어머니나 여동생, 남동생에게 폭력을 휘두르기 시작하더니 마침내 아버지에게도 대든다는 것이었다.

아버지는 줄곧 기술 분야에서 일해 왔는데, 일이 없어 쉬는 경우가 많아지고 급기야는 한직으로 밀려나 버렸다고 한다. 일에 대한 기력도 잃었지만, 어떻게 해서든 처자를 부양하지 않으면 안 된다는 강박관념에 싸여 있다는 것이다. 무엇보다도 판단력이 흐려졌다는 느낌과, 무엇을 해도 자신감이 없어 무력해져 버린 것이 슬프다며 흐느꼈다. 이처럼 요즘 이런저런 일로 해서 아버지들의 눈물을 보는 경우가 현저하게 늘어났다.

그리고 가정 내의 폭력뿐만 아니라 등교 거부나 두문불출, 특히 딸아이들의 경우는 거식증이나 과식증이라는 섭식 장애 그리고 성비행 때문에 상담하러 오는 일도 많아지고 있다. 전전긍긍한 어머니가 우선 상담하러 오고, 그 뒤를 이어 어리둥절한 아버지가 나타난다. 그런 아버지들의 대부분은 일에 바빠 그때까지 가정의 일은 아내에게만 맡겨 두었던 사람들이다. 사태를 제대로 이해할 수 없고 게다가 아이들의 태반이 '착한 아이들' 이었기 때문에, 어째서 이런 일이 생겼는지 모르겠다며 초췌한 얼굴로 투덜댄다.

아버지가 주목받는 사건도 눈에 띈다. 그중에서도 1996년 가을에 일어난 야구 방망이로 중학생 아들을 죽인 사건은 세상의 모든 아버지들에게 큰 충격을 주었다. 온후한 아버지가 왜 거기까지 몰려 버렸는

가. 애당초 어떻게 했으면 좋았을까. 도대체 '착한 아이' 가 왜 그 지경이 되어 버렸는가. 그때까지 '아버지로서의 자세' 에 무슨 문제가 있었는가. 세상의 많은 아버지들은 자신도 모르는 사이 자기 가족을 한 번 뒤돌아보았을지도 모른다.

그 사건의 진짜 무서움은 거기에 있다. 즉 그것은 어느 특수한 가족이나 붕괴가족의 이야기가 아니고, 오히려 '이상적인 가족' '건전한 가족' 이라고 여겨지는 가족 안에서 일어났다는 점이다. 문제의 싹은 일상적인 부모 자식 관계, 가족 관계 안에서 배양되고 있은 것이다.

도대체 어떤 아버지가 되었더라면 좋았을 것인가?

그리고 앞으로 어떤 아버지가 되어야 좋을 것인가?

'부성(父性)' 을 내세워 사회나 일이나 인생관을 말하며 자식들을 끌고 가는 아버지인가. 아니면 자기의 약점이나 고민까지도 자식들에게 말할 수 있는 아버지인가. 또는…….

나로서도 그것을 분명히 알고 있는 형편이 못 된다. 아버지가 어떻게 아버지 구실을 해야 좋은가에 대해 유일무이한 정답이 있을 턱이 없다. 그러나 정신과 임상의로서 30년 간 가족 내의 혼란에 대응해 온 직업상, 나는 다른 아버지들보다 아주 많은 사례를 보아왔다. 무엇이 문제이며, 어떻게 하면 좋은가. 이런 경우에는 이렇게 하면 이런 결과가 나오기 쉽다고 하는 그런 것들을 줄곧 시행착오로 겪어 온 셈이다.

그런 경험의 축적이 지금 절실히 요망되고 있다고 생각하여 이 책을 출판하기로 결심했다. 내 진찰실을 찾아온 많은 아버지들의 고민과 질문들을 생각하면서 이 책을 썼다.

사이토 사토루

차 례

3 때리는 남자들이 원하는 것

4 아버지와 회사라는 '종교'

1 가족은 픽션이다

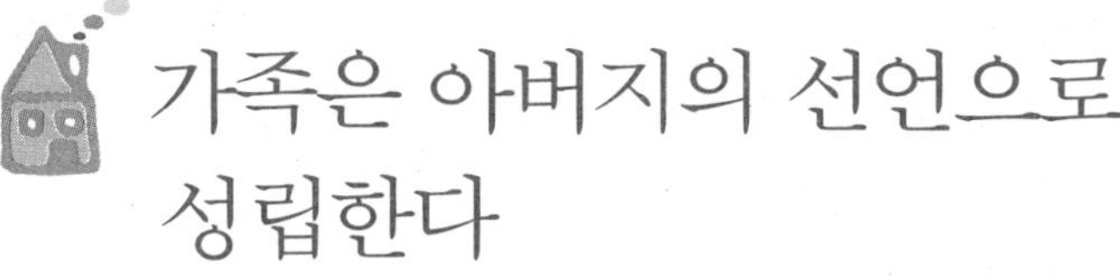

가족은 아버지의 선언으로 성립한다

나는 지금까지 가족이란 우선 자식을 키우는 장소이며 본질적으로 어머니와 아이의 장소라고 생각해 왔다. 그러나 최근에 가족 안에서 아버지의 역할이라는 것을 강조하기에 이르렀다. 가족이란 "이것은 내 가족이다"라고 아버지가 선언함으로써 성립한다고 생각한다. "너희들 생존의 책임은 내가 진다"는 '아버지의 선언'이 있어야 비로소 가족은 성립한다. 즉 가족의 창시를 선언하는 것은 어머니가 아니고 아버지라는 것이다.

여기서 말하는 아버지는 생물적 부성(父性)과는 다른 사회적 부성(父性)이다. 이 사회적 부성은 홀어머니 가족의 경우라면 어머니가 담당하지만, 어머니와 자녀 관계는 원래 실체이며 현실이다. 어머니란 제 자식을 후각을 비롯한 감각으로 인식하고 어머니와 자식관계의 현실 속에 사는 사람을 말한다. 이에 비해 사회적 부성은 픽션이다. 그리고 픽션인 부성의 선언에 의해 이룩되는 가족 또한 픽션이다. 환상인 것이다.

최근의 화석인류학에 의하면 침팬지로부터 인간으로의 진화는 뇌의 팽창에서 시작된 것이 아니고 두 발로 걷는 것에서 비롯된 것이라고 한다.

동물이 두 발로 걸어 멀리까지 가게 되자, 식량을 확보하여 처자가 기다리고 있는 집으로 돌아오게 되었다. 그리고 식량을 누구에게 어떻게 분배할까 할 때의 이타적인 행동이 인간의 공감, 감정이입으로 발전했다. 가족 안에서의 분배 기능이 인간적인 감정의 싹이 된 셈이다. 즉 400 cc의 뇌 속에 싹튼 공감, 감정 이입이라는 부분이 발달함으로 인간이라고 말할 수 있는 것이다.

그렇다면 인간이 되었기 때문에 가족을 만든 것이 아니고 가족과 같은 집단이 인간의 뇌를 크게 만들었다고 할 수 있는 것이다. 그리고 이 가족은 식량을 가지고 돌아온 아버지가 "내가 바로 아버지야!"라고 선언하지 않으면 성립되지 않는다.

이러한 '아버지'의 존재 아래 '안전한 기지'에서 출산할 수 있게 되어 비로소 우리 조상은 1200 cc까지 '팽창한 뇌'를 가진 아기를 낳을 수 있게 된 것이 아닐까. 그런 까닭에 최근 나는 새삼스럽게 아버지 본연의 모습에 대단히 관심을 갖게 된 것이다.

전후 50년을 거치면서 이전과 같은 권력적인 가부장적 아버지는 감소되었다고 생각한다. 그럼 아버지의 모습은 어떻게 변했으며 다양화되어 있는 것일까. 그중에서 바람직한 아버지상이란 도대체 어떤 것일까.

최근 '부성의 복권' 이라는 말을 가끔 듣게 된다. 집안일이나 자녀 교육을 아내에게만 맡기고 있는 아버지, 만족스럽게 자식들에게 야단칠 수 없는 변변치 못한 아버지가 보편화되어 있기 때문일까. 이 주장은 남자가 연약해지고 아버지의 권위가 땅에 떨어져 있다는 지적에 공감해서 나온 것 같다. 예전의 권력적인 가부장적 아버지와는 다르다. 냉혹한 아버지는 안 되지만 사랑을 가진 부권주의가 필요하다는 주장이다. 아버지는 엄연한 권력을 갖는 것이 좋다는 논리이다.

이 주장의 저변에는 세상 질서의 문란은 가족에서 비롯되는 것이니, 남자는 더 마음을 단단히 가져야 한다는 생각이 흐르고 있다.

이들 '신보수주의' 의 '건전한 가족' 제창은 무엇보다도 정치운동이라는 점을 염두에 둘 필요가 있다고 생각하지만, 이 주장의 가장 잘못된 점은 우선 자기들 남자 또는 아버지가 자기 존중이라든가 프라이드를 가져야 한다고 주장하고 있는 점이다.

원래 자기 존중이라든가 자존심이라는 말은, 존엄성을 손상받아 이제 틀렸다고 생각하고 있는 약자의 관점, 예컨대 학대받은 아이들이나 부모의 사랑을 받지 못한 아이들 또는 성폭행당한 여성 등에게 쓰는 말이다.

그런데도 권력을 가진 쪽이 우선 자기들이 자기 존중이나 자존심을 갖겠다고 말할 때, 이것은 폭력이 되는 수가 있다. 왜냐하면 지배받는 사람들은 자신만만한 권력자의 설교를 듣는 사이 자신도 모르게 그것을 자기의 마음속에 받아들여 버리기 때문이다. 그리고 마음속에 스스로 가혹한 폭군을 만들어 그 노예가 되어 버리는 것이다.

대체로 가족이란 권력 기구이고, 아버지는 기본적으로 권력자이며, 여성과 아이들은 약자이다. 어머니도 자식들과의 관계에서는 권력자가 된다. 권력에는 그 자체가 갖는 악한 점, 힘이 갖는 악한 점이 있다. 그런 쪽이 약자나 피해자에 대한 배려를 잊었을 때, 이것은 매우 위험한 것이 되고 만다. 신보수주의의 위험성은 이 점에 있다고 하겠다. 어떤 아버지가 되어야 할 것인가를 생각할 때 무엇보다 이 점을 염두에 둘 필요가 있다.

나는 20세기 최대의 공적은 페미니즘이라고 생각하고 있다. 나는 페미니즘에서 남자는 그토록 설치지 않아도 된다는 메시지를 읽고 있는데, 여자와 남자의 관계를 사랑이나 성(性)이 아니고 권력으로 바꿔 말한 점이 페미니즘의 커다란 성과라고 생각한다. 이런 관점을 가지지 않는 아버지론은 우스꽝스러우며 진부한 것이 되어 버린다.

그런데 현재와 같은 아버지 부재나 변변치 못한 아버지가 왜 생겨난 것일까. 인간이란 원래 불필요한 일은 하지 않는 법이다. 변변치 못한 아버지도 무엇인가 필연성이 있어 생겨났을 것이다. 그런 어쩔 도리가 없는 아버지들을 전제로 지금 무엇을 할 수 있는가를 생각해야 된다. 이상적인 아버지상만을 들게 되면 현재 아버지 노릇을 하고 있는 사람들은 위축되어 버릴 뿐이다.

예상외로 현재의 가족이 추구하는 과제가 가족 간의 '온순함' 이나 '대립(문제) 없음'에 목표를 두고 있는 것이 문제라고 생각한다.

다시 말하면 의견 대립이 없는, 서로 온순한 가족을 목표로 하는 가운데 가족을 지배하는 강력한 규칙이 되어 버려, 가족 한 사람 한 사람이 지니고 있는 생생한 욕구나 욕망이 표출되기 어렵게 되었다. 옛날과 같은 강권적인 힘의 억압이 없어진 대신에 온순함의 규칙이 가족 전체를 묶어, 그 나름대로 자유를 속박하는 측면이 있다.

이런 규칙 아래서 자식들은 '이상적인 아이' 노릇을 하고 있지만, 사춘기 이후 자신의 욕망이 분명한 모습을 띄게 되면 자신에게 죄악감을 느껴버리기도 한다. 뒤에 말하는 것처럼, 이런 종류의 죄악감은 도리어 부모에 대한 반항이나 문제 행동을 초래하는데, 그런 시점에서도 온순함과 고분고분한 것만으로 대처하려 하기 때문에 '변변치 못한 아버지'가 되어버리는 것이 아닐까.

본래의 아버지 역할을 소홀히 하고 이른바 '어머니의 조수' 같은 역할에 만족하고 있는 아버지는 자식들에게 매력 있는 아버지라고 말할 수 없다. 두 사람의 부모가 있다는 실감도 가질 수 없다. 실질적으로 한 사람의 부모밖에 없는 거나 마찬가지인 것이다.

이와 반대로, 의견과 행동거지가 다른 아버지와 어머니의 자식들은 두 사람의 부모를 가질 수 있다. 아이들은 성장하는 과정에서 두 사람의 부모에게서 각기 다른 보살핌이나 학습 효과를 끌어낼 수 있으며, 대체로 아이들은 자신의 행동에 지침을 주는 '사회적 부성'을 필요로 하고, 또 원하고 있는 것이다.

아버지의 역할

부모가 하는 기능에는 크게 나누어 세 가지가 있다고 생각한다. 품에 안는 것(홀딩), 자식들의 행동에 한계를 설정하여 욕구 불만을 일으키는 것(리미트 세팅), 그리고 자식 떼어 놓기(디터치멘트)이다. 자식 기르기라고 하면 첫 번째의 홀딩 기능(주로 어머니가 담당한다) 만이 강조되고, 두 번째와 세 번째가 무시되기 때문에 우스꽝스러운 논란이 생겨난다. 어머니의 자식 기르기에 대해서는 많이들 이야기되고 있지만, 자식 떼어 놓기에 대해서는 거의 언급되지 않았다.

대체로 자식들이 부모에게서 떨어져 나간다는 것에 이해가 부족한 부모가 많은 것 같다. 가정 내 폭력이나 섭식 장애 모두 부모 자식 간의 떨어져 나감이 제대로 되지 않는 가정이 만들어 온 '병'이라고 할 수 있을 것이다.

이런 가운데서 아버지가 본래 지녀야 할 모습이란 어떤 것일까.

나는 첫째로 어머니와 자식들을 외부로부터 지키고, 가정을 경계짓는 지붕이나 벽과 같은 것이라고 생각하고 있다. '이것이 우리 집이다' 라고 그 경계를 분명히 하며, 그 안에서 아내와 자식들이 안전하게 있을 수 있음을 보여주는 것이다. 마치 지붕이나 벽과 같은 역할이라고도 할 수 있다.

앞서 말한 세 가지의 기능에 따라 말한다면, 품에 안는 것은 주로 어머니의 일이지만, 아버지가 어머니(아내)를 단단히 안아 안심시키지 않으면 어머니는 자식을 안을 수 없다. 그런 의미에서 아버지도 자식을 안는 역할을 하고 있다고 할 수 있다. 이것이 곧 지붕이나 벽의 역할이다.

이 지붕 역할에 대해 더 구체적으로 말해 보자. 특히 젖먹이를 안고 있을 때, 아버지는 어머니가 건강한 자기애(自己愛)를 충족시킬 수 있도록, 자신 있는 어머니가 될 수 있도록 지탱해 주는 존재이다. 그러므로 아이가 밤에 울 때, "아이를 울리지 마, 내일 아침 일찍 회의가 있어" 따위의 말을 해서는 안 된다. 그러면 실격이다. 자신이 아이를 안고 밖에서 서성거리며, "당신은 조금 자도록 해" 라는 정도의 말을 할 수는 있어야 한다.

그렇다고 해서 그 이상의 과잉 행동을 해서는 안 된다. 본가의 어머니에게 들어 보니 이렇다더라든가, 아이들이란 이런 것이라든가, 끝내는 당신이 하는 방식은 틀렸다는 식으로 일일이 간섭하는 아버지가 있는데, 그것은 큰 잘못이다.

이런 남편은 의외로 자기는 좋은 아버지라고 여기고 있는 경향이 있다. 그러나 그것은 오산이다. 최근에는 아버지의 육아 참여가 많이 거론되고 있지만, 손발은 움직이지 않고 간섭하려는 아버지가 늘고 있는 것 같다. 그것은 어머니에게는 귀찮은 일일 뿐이다.

아이를 안는 일을 제대로 하고 나서야 부모가 하는 두 번째 기능인 자식에 대한 한계 설정이 가능하다. 한계 설정은 어머니도 하고 아버지도 한다. 그러나 때로는 이것을 방해하는 아버지가 있다. 예컨대 어머니가 아이들에게 "밥 먹어라"든가 "잠자라"고 말하고 있을 때(이것은 한계 설정의 하나이지만), "밥 안 먹어도 괜찮지 않아"라든가 "아직 텔레비전을 보아도 괜찮은 시간인데"라고 말하는 아버지가 있다. 이것은 곤란한 일이다. 이러면 아이들은 혼란에 빠져버린다.

가령 아이들이 싫다고 할 때, 부부 사이가 나쁜 경우라도 아버지는 어머니를 지지해 주지 않으면 안 된다. 아내가 자식에게 한계 설정을 하면 벌컥 화를 내는 아버지가 있는데, 이런 사람은 아이 때 어머니로부터 자기의 욕구나 생각을 인정받지 못한 채 자란 사람이어서, 아내가 이번엔 자기 아이에게 한계 설정을 하고 있는 것을 보고는 화가 나서 반항하고 싶어져 버리는 것이다.

그럼 제대로 한계 설정이 되지 않은 채 자란 아이들은 어떻게 될까. 그들은 우선 부모에게 도전하게 된다. 어디까지 가면 부모가 안 된다고 할 것인가, 이렇게 하면 매를 칠 것인가, 그것을 시험하듯이 점점 더 확산되어 간다.

자식에게 체면을 손상당한 부모가 궁지에 몰려 폭력적으로 나오면, 아이는 그야말로 한계를 아는 것이 아니고 부모의 한계를 보았다는 기분이 된다. 그리고 이런 부모는 틀려 먹었다고 생각하여, 아무리 매를 맞아도 '이런 부모에게는 복종할 수 없다. 부모란 이런 것인가하고 생각하면서 부모에게 이겼다는 심리 상태가 된다.

그런 다음에는 한계를 설정해 주는 '환상의 부모'를 찾아 사회에 도전하게 될 것이다. 이것을 징벌 자청이라고 말하는데, 예컨대 물건 훔치기, 공갈, 눈에 보이는 폭력 등 반사회적인 행동으로 흐른다. 이른바 비행이지만, 나로서는 비행은 부모를 찾는 행동이라고 말하고 싶다. 그런 의미로서도 어릴 적부터 한계를 설정해 주어야 하며, 한계를 설정하는 것은 특히 아버지라고 생각한다.

다만 여기에서 주의해야 하는 것은, 이때의 아버지는 기능으로서의 아버지이며, 가정에 따라서는 아내가 아버지 노릇을 하고 남편이 어머니 노릇을 하는 경우도 있고, 홀어머니 가정에서는 어머니가 어머니와 아버지 두 가지 역할을 전부 할 수도 있다는 점이다.

아버지 역할의 또 한 가지는—이것은 교육학자 융크 이래 곧잘 언급되고 있는 것이지만—어머니와 자식의 밀착된 관계를 끊는 칼과 같은 역할을 하는 것이다. 어머니의 자식에 대한 끝없는 헌신은 아이들의 정신적 발달을 방해하는 수가 있다. 이것을 단절시키는 것은 아버지이다.

이것이 부모가 하는 기능의 세 번째인 자식 떼어 놓기와 관련되는 것이다. 자식 떼어 놓기는 우선 포옹이 있고, 적절한 한계 설정이 있은 다음에 행해진다. 그러나 어머니 자신이 남편과 관계가 좋지 않아 매우 쓸쓸한 느낌을 가지고 있으면 어머니는 자식을 감싸 버린다.

자식을 감싸는 어머니란 이른바 밑바닥 없는 늪과 같은 존재이다. 딸에게는 어머니란 자기를 질투하고 경쟁하며 때로는 독이 묻은 사과를 먹이는 존재지만, 아들에게 어머니는 늪이거나 자기를 집어삼키는 괴물이 되기도 한다. 영웅 신화에 거대한 용을 퇴치하는 얘기가 있는데, 이것은 '살모(殺母)' 라고 생각하고 있다.

아무튼 이 어머니라는 수렁에 발이 잡혀 도움을 요청하고 있는 자식들의 손을 잡아끌어 올려 주는 것이 아버지의 역할이다. 그런 의미에서 자식 떼어 놓기를 원활하게 도와주는 사람이 아버지인 것이다.

자식 떼어 놓기란 일부러 등을 떼밀어 "어디든지 가버려라" 하는 것과는 다르다. 이것은 일종의 학대이다. 내쳐 버리라고 말하고 있는 것이 아니다. 자식 떼어 놓기를 촉진하는 아버지는 원래 자식을 품에 안는 작업을 하지 않으면 안 된다. 품에 안는 작업을 해야 비로소 자식 떼어 놓기가 가능한 것이다.

제대로 안겨 자란 아이들은 혼자 있을 수 있는 능력이 발달하며, 사춘기가 되면 친구나 이성 쪽이 부모보다 더 소중하게 되어, 자연히 부모에게서 떨어지게 된다. 이 과정에서 부모가 자식의 발을 끌어당기는 늪이 되어도 안 되며, 내쳐 버려서도 안 된다.

이처럼 아이들이 사춘기가 되면, 한계 설정이건 자식 떼어 놓기건 아버지는 중요한 역할을 띠고 재등장할 필요가 있다. 이것들이 이른바 사회적 부성인 것이다. 비근한 예를 들면, 가령 어머니가 자식의 대학입시에 열중하고 있다고 할 경우, 아버지의 역할은 좋은 학교에 들어가는 것이 인생 전체로 볼 때 무슨 의미가 있는가 하는 다른 관점에서 문제를 이해시키거나 토론하는 것이다. 이것이 사회성이라고 말할 수 있다.

이때 무엇보다도 자식들에게 너무 부정적인 말은 하지 않아야 한다. 이런 식으로 하면 된다는 어법을 구사하는 것이 중요한 포인트이다. 우선 자기 자신에게 부드러워질 것을 가르치고, 그 다음에는 "너는 할 수 있다" "그대로라도 괜찮다"라고 말해 주면 된다. 그것을 말로서가 아니고 태도와 행동으로 나타내는 것이다.

그러나 지금은 아버지 자신의 사회성이 대체로 결핍되어 있는 것 같다. 사회적 부성이라고 할까, 도덕의 집행이라는 것이 매우 경시되고 있는 시대이다. 그런 것들을 모두 걷어차 버린 것이 인구 팽창 전후의 세대이다.

권위를 부정하고 신을 배제해 온 한편으로는, 중요한 규칙도 없애 버렸다. 사회적 부성의 선언이란 '내가 재판관이다, 우리 집의 규범이요 규칙이다'라고 선언하는 것인데, 그것은 권위를 휘두르는 것과는 전혀 다르다. 일정한 욕망을 억제하여 약한 자의 고통을 함께하고, 보호하면서 분배하는 것이다. 그러나 현재는 부모도 사회도 강자의 논리를 관철시켜, 약해지면 망한다는 신조로 자식들을 기르고 있는 것 같다.

여기서 여러 나라의 아버지들에 대해 조금 살펴보고자 한다. 문부성에 의한 일본, 한국, 태국, 미국, 영국, 스웨덴 등 6개 국의 아버지에 관한 비교 조사 리포트이다.

우선 아이들과 함께 보내는 시간을 보면, 가장 적은 것이 일본이다. 한국에 비해서도 상당히 적고, 태국의 2분의 1밖에 되지 않는다. 미국의 아버지는 생각보다 많은 시간을 아이들과 함께 지내고 있는 것 같다. 일본이라는 나라는 아버지가 아이들과 함께 지내는 시간이 매우 적다는 것을 알 수 있다.

아이들의 연령별로 본 조사 결과를 봐도, 0~3세의 유아 때 가장 많이 아이들과 접촉하는 것인데, 일본은 6개 국 중에서 최하위이다. 특히 태국이나 영국의 아버지들이 상당한 시간을 유아와 접촉하고 있는 것을 알 수 있다.

그럼 아버지의 노동 시간은 어떤가. 가장 긴 나라가 한국이고 일본은 두 번째이며 세 번째가 태국으로 되어 있다. 일본이 긴 것은 사실이지만, 태국처럼 노동 시간이 길어도 아이들과의 접촉이 많은 나라도 있고 보니, 노동 시간이 길다고 해서 아이들과 접촉하는 시간이 적은 원인이 된다고는 말할 수 없다.

재미있는 것은 아버지의 육아분담이다. 예컨대 식사준비를 돕는다는 항목에서는 일본이 특히 낮다. 미국 아버지의 세 사람 중 한 사람이 식사준비를 돕고 있는데 비해, 일본에서는 열 명 중에 겨우 한 명 밖에 없다. '식사 준비를 돕는다' 는 것과 '예의범절' '공부를 가르친다' '진로 상담을 한다' 는 등에서는 일본과 한국이 낮은 편이다.

이것들에 비해 생활비 부담에서는 일본과 한국이 압도적으로 높게 나타나 있다. 말하자면 돈은 내지만 땀과 지혜는 내지 않는다는 셈인데, 이 결과로서도 일본과 한국의 아버지들은 아버지 본래의 가장 중요한 역할인 사회적 부성이라는 것을 행사하고 있지 않다는 것을 알 수 있다.

그럼 사회적 부성을 행사하지 않는 아버지의 실제 상황은 어떤가. 어느 정신과 의사는 호텔가족이라는 말을 쓰고 있다. 단지 잠자기 위해 돌아올 뿐인 아버지, 그저 존재할 뿐인 아버지, 말하자면 하숙생 아버지인 것이다. 반면에 젊은 세대의 새로운 남편상은, 아내가 임신해서 고통스러워하면 함께 아파하거나 분만실에 함께 들어가 후-후-후 가쁜 숨을 쉬면서 이른바 출산부(出産父)와도 같은 모습이 되어 있다.

어머니에게 자식의 모든 것을 맡겨 두고 있는 아버지는 어머니의 지시를 받고 자식과 접촉하고 있는 측면이 있다. 마치 직장에서 상사의 지시 아래 작업을 진행시키고 있는 것처럼, 어머니가 "꾸짖어줘요" 하면 꾸짖고, "가끔 놀아줘요" 하면 놀아 준다.

최소한의 아버지 역할을 하고 있는 셈이며 아내에게 협력하고 있는 기분일지는 몰라도, 자식들 쪽에서 볼 때 다른 인격을 가진 두 사람의 어른과 접촉하고 있다는 느낌이 들지 않고, 어머니가 둘 있어서 형편이 좋을 경우에만 부족한 '힘'의 대행을 아버지가 하고 있는 것처럼 여겨지는 것이다.

자식의 입장에서는 생생하게 살아 있는 아버지의 모습을 보지 못할 뿐만 아니라 두 사람의 부모를 가진 은혜를 입지 못한다. 그래서 아내와 자식들에게 상냥하고 그저 무던하며, 가족 안에 풍파가 일어나지 않도록 바라는 아버지는 언뜻 보아 건전한 아버지 노릇을 하고 있는 것 같지만, 아버지로서의 중요한 역할을 내던져 버리고 있는 셈이다.

아버지의 세 가지 타입

가부장적인 아버지란 쉽게 말하면 가해자 · 권력자로서의 자기를 분명히 드러내어 그것이 정의라고 말할 수 있었던 시대의 아버지상이다. 그럼, 현대에 와서는 그것이 어떻게 변형되어 있는 것일까. 근래 화제가 된 세 사람의 아버지를 예로 들어 이전의 가부장적인 아버지와 비교함으로써 그 모습을 생각해 보기로 한다.

첫 번째는 야구 방망이로 아들을 죽인 아버지이다.

이 아버지에 대해 여러 가지로 보도되고 있지만, 그 대부분은 아들이 등교를 거부하고 폭력을 휘두르는 데서 일어난 참극이라는 것이다. 아들의 폭력을 견디다 못해 어머니와 누나는 별거하기에 이르렀고, 아버지가 혼자 아들을 돌보고 있었다. 아니, 그보다도 아버지는 마치 아들의 노예가 되어 있었다고 하는 편이 옳다.

사건 전날에도 아들로부터 백화점에 가서 티셔츠를 사오라는 명령을 받는가 하면, 또 비디오 대여점에 심부름 갔다가 집으로 돌아오자, 티셔츠가 마음에 들지 않는다며 청소기의 호스로 얼굴을 얻어맞았다.

결국 이것이 도화선이 되어 아버지는 아들을 죽이게 되는데, 그동안 아버지는 정말로 순하게 또 필사적으로 아들의 마음을 열어보려고 노력해 왔다고 많은 신문 잡지는 보도하고 있다. 어느 잡지에서 아버지의 친지가 이런 코멘트를 하고 있다.

"K씨가 아들을 죽일 수 있다면, 인간은 누구든 상황에 따라 아들을 죽일 수 있다고 생각하게 될 것이다."

분명히 말할 수 있는 것은, 이 사건은 가부장적인 아버지의 아들에 대한 제재가 아니고, 반대로 철저하게 아들과 접촉하려던 아버지의 파탄이라는 점이다. 도대체 아버지는 왜 아들을 죽이지 않으면 안 되었던 것일까.

두 번째는 프로야구 이치로(일본의 프로야구 영웅) 선수의 아버지와 미국에서 화제가 되고 있는 젊은 천재 골퍼 타이거 우즈의 아버지이다. 이들은 많은 아버지들에게는 동경의 대상일 것이다. 둘 다 천재적인 영웅이지만, 테니스의 맥켄로처럼 거친 경기로 세상 사람들에게 눈살을 찌푸리게 하는 천재가 아니고, 사회적으로 겸허함을 지닌 훌륭한 청년이기 때문이다.

무엇보다 어릴 적부터 아버지가 아들의 재능을 믿고 서로 힘을 합쳐 그 재능을 키워 왔다. 야구나 골프를 매개체로 해서 아버지와 아들은 밀접한 교류를 하고 있었던 것이다.

우즈의 아버지는, 가령 아들이 퍼트가 잘 들어가지 않아 골프채를 내던지거나 할 때는 단단히 주의를 주고, 점점 잘 되어가자 자기

확신의 방향으로 이끌어 가는 지도를 제대로 했다. 골프의 기술 이상으로 사회적 규칙을 지키도록 하는 데 주력했다고 알려져 있다.

세 번째는 학교폭력에 시달려 온 아들이 자살해 버린 경우의 아버지이다. 대부분의 아버지들은 아이들이 당연히 잘해 나가고 있겠지 하고 생각하고 있어, 그 환상이 깨질 때까지는 아이들의 존재가 그다지 눈에 들어오지 않았다는 의미에서, 이 타입이 현대의 보통 아버지에 가장 가깝다고 할 수 있다.

사건이 일어난 뒤에야 도대체 무슨 일이 일어났는가, 무엇이 이 지경에까지 사태를 진전시켰는가를 심각하게 생각하고 머리를 싸매는 비극적인 아버지인 것이다.

가부장적인 아버지란 패자의 시각을 가지지 않는 사람이다. 야구 방망이로 아들을 죽인 아버지만 해도 원래는 승자였다. 당당하게 도쿄대학을 나왔으나 그것을 내세우지 않았다. 애당초 승자이지만 어릴 적에 말더듬이로 고민한 경험이 있어서인지, 언어 교정사가 되려고 출판사를 퇴직하는 등, 패자 측에 서려는 삶의 태도를 보여 왔다고 생각한다.

그러나 진실은 모르겠지만 적어도 경찰 조서에 의하면, 아버지가 무서울 정도로 학원이나 학교 공부를 강요했었다고 누나는 말하고 있다. 변호인단은 이 조서는 경찰이 어거지로 작성한 것이라고 주장하고 있는 모양인데, 사실 여부는 알지 못한다.

그러나 적어도 나의 임상 경험에서 말한다면, 가정 내 폭력 아들을 가진 아버지는 이전에 자기 자신이 학대하는 아버지 폭력 아버지였다. 그 폭력은 완력을 직접 행사하는 경우도 있지만, '부드러운 폭력' 이라는 간접적인 형태를 취할 경우도 있다. 즉 부모의 가치관을 밀어붙이는 것이다. 부모의 신념으로 아들의 욕구가 발산될 출구를 막아 버리는 것이다. 하여간 그 가족에는 아들의 폭력 이전부터 긴장감이 있어, 부모의 다투는 소리가 줄곧 들려왔다는 것은 사실인 것 같다.

여기서부터는 일반론에 들어간다.

표면상으로는 약자의 시각을 가진 매우 겸허한 인간인 듯하면서도, 실제로는 강자인 아버지가 있다. 즉 가부장적인 면을 남기고 있으면서도 마치 그렇지 않은 것처럼 행동하는 아버지이다. 그래서 한편으로는 자식들에게 매우 다정하다. 공부를 강요하는 일도 없고, 싱글벙글 무엇을 해도 좋다고 한다. 그러나 다른 한편으로는 아버지와 어머니 사이에는 힘의 차이가 커 강자는 아버지이고 약자는 어머니이다. 거기에는 항상 긴장 관계가 있고, 어머니가 잔소리를 하다간 여지없이 당해 울거나 무안을 당한다.

이런 아버지는 자식들에겐 이중 인격인 것처럼 비친다. 한편에선 사랑하는 어머니를 울리고, 다른 한편으로는 자기에게 상냥하게 대하는 아버지란 자식들 쪽에서 볼 때 괴물이다. 자식들은 아버지의 이중성을 통합할 수가 없다.

그리고 이런 통합 불능의 아버지상이나 어머니상을 보고 있으면 자식들은 그들 자신의 인격도 통합되지 않는다. 자기 안에 있는 약한 부분은 부인하고 배제해 버리고 강한 부분만을 취해서, 자기와 비슷한 약한 부분을 가진 다른 사람을 철저하게 공격하는 것이다.

또는 가정의 안과 밖에서 각각 두 얼굴을 하여 밖에서는 자기의 약한 부분을 내보이고 안에서는 강한 부분만을 내보인다. 밖에서는 착한 사람이지만 안에서는 폭군이 되는 두 인격의 소유자가 된다. 혹은 '강한 아버지'의 이미지 앞에 아이들은 위축되어 시원찮은 자신을 면목 없다고 생각하기에 이른다. 이윽고 절망이 더해지면 '좋아서 태어난 건 아니잖아' '나를 낳은 건 누군데'라고 생각하여 난폭해지기 시작한다.

난폭하게 굴고 있을 때의 가정 내 폭력 아들은 강한 아버지에게 복수를 하고 있는 셈이다. 그런 자식들을 대하는 아버지는 그 지경이 되어도 온화한 '싱글벙글 아버지'로서 대응하려고 한다. 바로 여기에 문제가 있다.

아버지에게 죽임을 당한 아들도 밖에서는 친구들과 잘 어울리지 못해 학교에 가지 않는 약한 아이였지만, 집 안에서는 폭군이 되어 있었던 셈이다. 가령 폭군 행세를 하고 있어도 부모가 그에 대결함으로써 그의 인격 분열을 눌러 버리면 되는데, 이 아버지는 노예처럼 고분고분 따름으로써 폭력을 허용하고 인격 분열을 촉진시켜 버렸는지 모른다.

이 아버지가 폭력을 휘두르는 아들에게 어떻게 대응했더라면 좋았을까 하는 것에 대해서는 제3장에서 다시 자세히 언급하고자 한다.

두 번째인 이치로나 타이거 우즈의 아버지는 어떤가.

무릇 승부라는 것은 늘상 패자를 만들어 내는 것이어서 언제나 우위에 선 입장에서 사물을 볼 수 있는 것은 아니다. 패자의 시각을 항상 가지고 있어야 한다. 그리고 실패하면 자신의 기량을 연마하는 형태로 구체적인 과제를 설정해 나간다. 이것이 이들 두 아버지의 장점인지도 모른다. 이런 종류의 아버지는 어머니와는 다른(어머니는 할 수 없는) 영역에서 아들과 접촉하고 있다는 것에도 주목해야 할 것이다.

이치로나 우즈의 아버지는 아마도 자기 자신이 패자의 시각이라는 것을 가지지 않으면 안 될 상황 속에서 살아온 아버지였다고 생각된다. 특히 우즈의 아버지는 미국 원주민과 아프리카인 등의 혼혈이어서, 인종차별적인 대우를 많이 받아 대단히 분한 생각을 지녀온 것 같다. 그는 그런 체험을 단단히 아들에게 전했고, 아들도 그것을 잘 소화하고 있다. 이것은 매우 중요한 일이다.

아버지라는 권위나 케케묵은 인습에 집착하여 자신을 성실히 자식들에게 보여주지 않는 아버지가 아직도 많다고 생각되지만, 보통 아버지들은 샐러리맨으로 이기기도 하고 지기도 하는 모습을 패자의 시각으로 아이들에게 성실히 말해 줄 수 있는 것이 중요하다. 그런 토대 위에서 패배하면 더욱 노력해서 다시 할 수 있다는 승리 가능성을 아이들과 어떻게 공유할 수 있는가 하는 것이 중요하다.

그러나 뭐니 뭐니 해도 두 번째 아버지의 가장 큰 특징은 아이들의 세계에 흥미와 관심을 가지고 있다는 점이다. 관심을 가지고 아이들과 함께 지내는 것으로써 가치관을 공유하고 있다는 점이다. 이런 관심과 상냥함은 다른가 하면 조금도 다르지 않다. 상냥하다는 것은 관심과 상통한다. 관심은 감시와는 다른 것이다.

우즈의 아버지는 특수하다고 생각될지 모르지만, 이것은 공부에서 이기고 지고 하는 것에도 해당된다. 골프채를 집어던진 아들에게 그렇게 금방 체념하지 말라고 말하는 것과 마찬가지로, 공부의 경우에도 같은 말을 해줄 수 있다. 이것은 공부를 게임이라고 여기는 정도가 좋다는 의미이기도 하다. '게임으로 간주한다'는 것은 거리를 두는 태도이다.

공부의 문제가 되면 절박해진 부모 쪽은 거기에 휩쓸려 버리게 마련이다. 자식들의 실패를 자신들의 실패인 양 고민하는 어머니나 아버지가 있으면 자식들은 죄악감을 가져 버린다. 그러면 아이들 쪽에서 부모와 거리를 두고 성적을 숨기려 한다.

아버지의 경우, 어머니 이상으로 휩쓸려 들어가 자식들의 실패를 용납할 수 없는 사람이 있다. 실패를 가장 용납할 수 없는 것은 자식들 자신일 터인데, 그 이상으로 부모가 용납하지 못하면 자식들은 위축되어 버린다.

그러므로 가장 좋은 방법은, 성적도 그저 하나의 게임이니 잘 되지 않으면 잘 될 수 있는 방안을 생각해 보라는 식의 거리를 둔 자세로 대응하는 것이다. 거리를 두는 것은 내팽개친다는 것과는 다르다. 거리를 두고 관심을 가지면서 지켜본다는 태도인데, '강렬한 사랑'이라고도 불린다.

아무튼 이치로나 천재 골퍼 우즈의 아버지처럼 함께 게임에 몰두하지 않으면 의미가 없다. 그렇지 않고서는 게임의 재미를 알 수가 없다. 단지 점수가 올랐다든가 내렸다든가에만 관심을 가진대서야 아무런 의미가 없는 것이다.

함께 해보고 "네가 더 잘하는구나"라는 말을 해주어서 아이들과 기쁨이나 분노를 공유할 수 있는가 아닌가, 그 점이 중요하다. 자식을 적게 낳는 시대의 부모는 자식들과 함께 노력하는 일이 당연한 것으로 여기지 않으면 좋은 부모가 될 수 없는 어려운 시대이다.

야구 방망이 사건의 경우 아버지가 자식들에게 관심을 기울여 온 셈이지만 폭군으로 변한 아들의 노예가 되어 버렸기 때문에, 아들이 폭력을 휘두르는가 아닌가에만 관심을 두고 있던 것이다. 아들의 입장에서는 아버지의 관심을 끊어 버리기 위해서라도 폭력을 계속 쓸 수밖에 없었다.

세 번째는 학교폭력에 시달리다 자살해 버린 아이의 아버지이다.

아들이 자살하기까지 전혀 알아차리지 못한 아버지는 자기 아들이 설마 패자가 되어 고민하고 있으리라고는 생각지 못했을 것이다. 파워 게임에서 항상 승자가 되는 것을 목표로 하고 있는 대부분의 아버지들에게는 패자의 시각이 결핍되기 일쑤이다. 아들이 자살하기 전에 학교폭력의 희생자라는 것을 알고 가해 학생을 불러 아들과의 화해를 시도했던 아버지도 실로 그 전형이라고 할 수 있다.

이 아버지는 승자와 패자의 악수라는 연출로 세상을 살아갈 수 있다고 생각했다. 비즈니스의 세계에서는 있을 수 없는 일이지만, 가족 단위의 사회에서도 성립된다고 믿어 버린 것 같다. 무엇보다도 그에게는 패자가 얼마나 고통스러운 것인가 하는 시각이 없었던 것이다.

원래 양쪽을 악수시킨다는 것은 인간 사이에 일어난 분쟁의 조정자 역할을 한다는 것인데, 그것은 자신이 신이 되어 있다는 것이어서 그런 일은 무리라는 점을 그 아버지는 몰랐다. 이런 아버지의 무지가 아들로서는 절망적이었던 것이다. 악수가 실제 학교 생활에서 어떤 반응을 초래할지, 아들 쪽은 분명히 볼 수 있었지만 아버지에게는 보이지 않았던 셈이다. 그래서 아들은 한층 더 절망했을 것이다.

학교폭력의 피해자는 그것을 우발적인 사건으로 인식하려고 한다. 그래야 자기 자신의 가치, '살아 있어도 괜찮다는 가치' 를 필사적으로 지키고 있는 것이다. 그런 아이들은 아버지로부터 '얻어맞고 다니는 아이' 라고 선언되어 버리면 그 다음은 죽을 수밖에 없을 것이다.

이 아버지는 가해자의 속성을 얼마만큼 알고 있었을까. 그 점이 문제이다. 아버지는 자기가 가진 가해자의 속성이라는 것을 알지 못했을 것이며, 그렇기 때문에 학교폭력에 의한 가해자의 속성도 알지 못했을 것임에 틀림없다. 그리고 아들이 놓여진 피해자 · 약자의 입장을 모른다는 것은 가족 안에서의 자식이나 아내의 입장을 모르고 있었다는 얘기가 된다.

이렇게 볼 때, 가부장적인 아버지란 많이 감소된 것 같지만, 실은 노골적인 권위주의가 아닌 형태로 본인은 자각하지 못한 채 그 변형이 아직도 숱하게 행해지고 있는 것 같다. 징벌적인 아버지 역시 그 하나라고 할 수 있다.

징벌적인 아버지란 특히 주먹을 휘두르는 아버지만을 말하는 것이 아니다. "너희들과는 더 이상 함께 살 수 없다"며 어디론가 가버리는 아버지라든가, "이런 집에서 아버지와 남편 노릇을 할 수 없다. 나가겠다"고 위협하는 아버지도 여기에 속하는데, 이것은 자식들에겐 대단히 무서운 협박이 아닐 수 없다.

갑자기 감정을 폭발하는 아버지도 마찬가지이다. 기분이 좋은가 보다 하고 생각하고 있는데, 사소한 일로 느닷없이 감정을 분출시키는 아버지를 말한다.

그와 마찬가지로 밖에 다른 여자를 둔 아버지의 경우, 더군다나 그 쪽 아이가 있기라도 하면 자식들은 자기의 입장을 어떻게 정립해야 할지 몰라 아버지에 대해 표면적으로만 영합할 수밖에 없게 된다.

곧잘 우는 아버지가 있다. 이젠 틀렸다며 울기도 하고, 심한 경우에는 죽여 달라거나 죽어 버리겠다고 말하는 아버지가 있다. 이런 아버지도 엄연히 권력적이고 가해자가 되어 있는 것이다.

어머니에게 야단을 치는 아버지는 실로 권력적인 아버지이다. 그래서 어머니가 늘상 한숨을 쉬고 있거나 하면 자식들은 그것을 위로하는데 정신이 없게 된다. 한참 뒤에는 그것이 심적 외상으로 남아 남자의 고함소리를 견딜 수가 없게 되고, 직장에 그런 사람이 있으면 움츠려 버려 자기 자신의 능력을 전혀 발휘할 수 없게 되기도 한다.

기대를 하고 기다리는 아버지도 자식들에겐 두렵고 섬뜩한 존재이다. 자기에게 무엇을 기대하고 있는지 분명히 알 수 있는데도 그에 대해선 아무 말도 하지 않는다. 내 자식이니까 도쿄대학쯤이야 들어가는 게 당연하다는 태도를 보이면서 실제로는 자식들과 함께 노력하지 않는다.

이런 아버지는 부드러운 폭력으로 자식들을 숨막히게 억압하는 확실한 권력자라고 할 수 있다.

가족은 권력기구다

나는 정신과 의사로서 가족이 갖는 병리에 대해 생각하는데 많은 시간을 바쳐 왔다.

30년 전부터 알코올 의존증 환자들을 치료해 오는 가운데, 주로 남자 환자와 그의 아내 그리고 그들 부부가 만든 가정에서 자란 아이들의 생활방식을 보아왔다. 나아가서는 과식증이나 거식증이라는 섭식 장애의 소녀들, 가정 내 폭력이나 약물 의존증에 빠진 소년들 그리고 그들을 통해 그들이 자란 가정을 보아 왔다. 그런 아이들의 대부분은 원래가 착하디 착한 아이들이었다.

이런 아이들이나 가정을 보아 오면서 절실히 느끼게 된 점은, 가족이란 세상에서 말하듯이 그렇게 따뜻한 것도 친밀한 것도 아니며, 그것 없이는 도저히 살아갈 수 없는 것은 아니라는 생각이었다. 오히려 가족을 유지해 나가는 것을 중요하게 여긴 나머지, 자기 자신의 욕구를 소멸시키고 감정을 억제해 버리는 상태에 빠진 사람이 많다고 생각된다.

이것은 이른바 가족중심주의이며, 가족 강제이며, 가족 중독이라고 할 수 있는데, 그런 가족 의존증에 빠져 거기에서 탈락하는 것을 두려워하는 환경 속에서 우리 대부분은 생활해 온 것같이 여겨진다.

옛날부터 가족의 존엄이라든가 가족의 유지가 중요하다는 사고방식은 강조되어 왔지만, 가족 그 자체가 안고 있는 어두운 부분에 대해서 말하는 사람은 거의 없었다. 왜냐하면 그것은 불쾌한 것이기 때문이다. 부모란 따뜻하다고 해두는 편이 여러 가지로 편리한 것이다. 그러므로 자기가 부모로부터 받지 못한 것, 부모에 대한 원망이나 증오는 될 수 있는대로 빨리 잊어버리려고 했다.

나는 가족병리학이라는 학문 영역이 필요하다고 생각하고 있는데, 거기에서는 오로지 가족이라는 권력 구조가 본격적으로 다뤄지지 않으면 안 된다고 생각한다. 가족이란 권력 구조이며 그 안에서는 여성과 자식들은 약자이다. 특히 자식이란 부모를 선택할 수 있는 것이 아니어서 그 수난의 절규는 더없이 애처롭다.

가족이라는 하나의 조직 안에서는 가족 구성원 간의 갖가지 상호 작용이 소용돌이치고 있다. 이런 상호 작용을 통해 구성원 각자가 자신의 필요나 욕구를 충족시키는 것이 본래 가족의 기능일 것이다.

그러나 욕구라는 것은 언제나 충족될 수 있는 것은 아니다. 예컨대 부모의 웃는 얼굴을 보기 위해 자식들이 자신의 욕구를 밀쳐 두거나 또는 없는 것으로 여기고 억제한다. 남편에게 '착한 아내' 노릇을 하려고 아내가 자신의 욕구를 밀쳐 두거나 없는 것으로 여기고 억제한다.

그러나 밀쳐 두거나 의식 하에 억제된 것은 행위로 반복해서 표현되게 마련이다. 이것을 '반복 강박(反復强迫)' 이라고 한다. 무의식적으로 같은 행위가 되풀이되는 것이 이 '반복 강박' 의 특징이다. 자기로서는 이런 것을 해도 소용이 없다고 생각하는데도 해버리는 것이다. 기벽(嗜癖 ; 어떤 것을 특히 좋아하는 버릇)의 문제가 다루고 있는 것은 모두 이 '반복 강박' 에 속한다.

예컨대 이미 번쩍번쩍하게 윤이 나는 가구를 틈만 나면 또 닦는 부인이 있다. 그런 사람은 남편과의 생활에도, 자식들에게도 절망하고 있는지도 모른다. 그래서 자신의 서글픈 처지를 생각하면 우울해지기 때문에, 그렇게 되기 전에 가구를 닦는 것이다.

자식들에게 매질하는 것을 반복하거나, 술을 마셔서는 안 된다는 것을 알면서도 되풀이해서 마시거나, 돈을 빌려 가면서까지 도박을 하거나, 일 이외의 모든 생활을 희생하고 일만 하거나, 과식으로 치달아 그것을 참담하게 여기면서도 중지하지 못하거나, 살 빼는 것만 염두에 두어 비쩍 마르거나, 또는 살아갈 의욕을 상실하여 자살을 원한다는 것은 모두가 기벽이며 반복 강박이다. 그 가운데 어느 것을 선택하는가는 성별, 연령, 개인의 기호에 따른 문제이다.

어떻든 반복 강박은 무의식중에 일어나는 것이므로, 자신은 왜 그런 행위를 하는지 모른다. 의지의 힘으로 끊을 수 있다고 생각하기 쉽지만, 반복 강박 그 자체에 도전하는 치료방법이 아니면 해결

될 수 없는 것이다.

그러면 이와 같은 반복 강박을 낳는 토양인 가족이란 것에 대해 좀 더 살펴 보기로 한다.

대부분의 사람은 가족을 만들려고 결혼하고 아이를 낳는다. 왜냐고 물으면 쓸쓸해서라든가, 그 사람이 좋아서라고 대답하지만, 사실은 어떤가. 어떤 연령이 되면 부모나 주변 사람들이 결혼할 것을 기대한다는 경우도 있다. 세상은 적령기에 이른 사람이 이성과 혼인을 하여 자식을 낳아 부모가 될 것을 요구하고, 이것이 통상적인 관습으로 순진한 사람들에게 압력이 된다. 이러한 부부와 자식으로 성립되는 가족이 이른바 민법에서 말하는 '가족'이다.

일본의 법률에서는 이런 형태 이외의 다른 가족은 가족으로 인정하지 않는다. 민법에서 인정하는 가족이라면 행정상의 보호는 주어지지만, 이를테면 미혼모와 그 자식들의 가족이나 동성연애자 커플, 또는 복수의 남녀가 함께 거주하는 공동체 가족 등은 보호망 밖에 있다. 그뿐만이 아니고 경우에 따라서는 억압받는다. 이런 것들을 가족으로 인정하면 세상의 미풍양속이 문란해진다는 이유에서 일 것이다.

이처럼 부부와 기본적으로 피를 나눈 자식으로 성립되는 가족만을 가족이라 하고, 그 일원이 아니면 건전한 사람으로 간주하지 않는다는 주의주장을 나는 '가족 이데올로기'라고 부르고 있다. 이 이데올로기는 단지 가족의 형태만이 아니고, 부부인 남녀 두 사람의 권력 구조를 결정하며, 나아가 자식의 존재 의미마저 암암리에 규정하고 있다.

예컨대 남편인 남자는 밖에 나가 일을 하여, 주된 돈벌이 수단이 되지 않으면 안 된다. 그리고 아내인 여자는 집을 지키고 아이를 낳아 기르는 일에 책임을 지지 않으면 안 된다. 아내, 즉 주부는 가족의 안락을 유지할 책임이 있으므로, 밖에서 너무 많은 시간 일을 해서는 안 된다는 것이다.

가족 이데올로기는 너무나 당연한 것으로 세상이 받아들이고 있기 때문에 강조되는 일은 없다. 그러나 그것은 사회상식으로서, 또 행정상의 처우로서 갖가지 면에 걸쳐 우리들의 생활을 지배하고 있다.

그런데 지금 우리가 가족상이라고 말하고 있는 것은 기껏해야 전후에 이룩된 것이다. 하나는 1949년 민법에 집어넣어진 가족상인데, 거기에 규정되어 있는 '성숙한 남녀가 사랑으로 맺어진' 가족이란 당시 현실적으로는 별로 없었던 것이어서 시대를 앞선 개념이었다. 그런 것이 문장으로 써놓으면 당연한 것처럼 되지만, 그 자체가 이념이었던 것이다.

또 하나는 지금의 40~50대가 아이였을 무렵인데, 1960년 전후에 걸쳐 '아버지는 무엇이든 알고 있다' 라든가 '우리 어머니는 세계 제일' 이라는 미국 텔레비전의 홈드라마가 수입되었다. 여기에서 현명하고 이해가 빠른 아버지와 부드럽고 조용한 어머니, 착한 아이가 있는 가족이 이것저것 생겨나는 문제에 대처한다.

이런 이상화된 가족상이 우리 의식 속에 심어져 있다. 완전히 마인드 컨트롤되고 있다고 할 수 있을지도 모른다. 자신의 아버지나 어머니와는 다른 드라마 속의 저런 아버지나 어머니가 되자며 많은 사람들이 흉내를 내고 싶어 했던 것이다. 그러나 그것은 어디까지나 픽션이다. 참고로 말하자면, 그런 텔레비전 드라마에 나온 어머니의 세대란 미국에서 페미니즘이 시작된 세대이다. 그 세대의 여성들이란 전업주부가 되기 전에 제2차 세계대전중 군수 공장 등에서 일하고, 장학금 등을 받아 대학을 나와, 그 다음에 가정에 들어간 사람들로서 가정 속에 가두어진다는 건 재미없다고 생각하기 시작한 세대이다. 페미니즘 이론가인 베티 프리던의 세대인 것이다.

그러나 드라마를 만든 남성들은 1930년대에 자란 사람들로서, 그 텔레비전 드라마에는 당시 미국의 그런 동향이 보이지 않는다. 말하자면 미국에서도 허상이었던 가족상이 일본의 전후 세대에 이상적인 가족상으로서 영향을 주어 버린 것이다.

내가 아는 사람 중에 이런 사람이 있다. 현재 50대 중반인 그 여성은 집안 형편으로 친척의 양녀가 되었는데, 양아버지는 일찍 죽고 양어머니와 경제적으로 어려운 생활을 했다.

이 양어머니는 툭하면 생활고를 푸념하는 사람이어서, 이 여성은 쓸쓸한 어린 시절을 보냈다. 그런 그녀가 결혼하기 전의 처녀시절에 마침 앞에서 말한 미국의 홈드라마가 들어왔다.

그녀가 자기 자신이 만들 새로운 가족에 대해 꿈을 품었다는 것은 상상하기 어렵지 않다. 대기업에 근무하는 남성과 결혼하여 딸 둘을 두었다. 가족의 생일이나 크리스마스 때는 언제나 가족끼리 선물을 주고받았고, 가족 여행을 했으며, 그녀는 줄곧 현모양처 노릇을 해왔다.

그리고 자기가 받지 못한 대학 교육을 딸들에게 기대하여, 맹열한 교육열을 보이기도 했다. 딸들도 여기에 잘 따랐다. 특히 장녀는 어머니의 욕구나 기대에 민감하게 반응하고, 어머니를 거슬리는 일은 전혀 생각할 수 없었다고 한다. 그런데 정신이 들고 보니, 장녀는 다른 사람에 대해 맞대고 '노' 라고 말할 수 없는 인간이 되어 있었다. 결혼한 지금도 그녀는 어머니가 오면 답답하고 말할 수 없는 압박감을 느낀다고 털어놓는다. 즉 그녀는 오랫동안 자기의 욕구를 잃어 버리고 감정을 마비시키고 있었던 것이다. 이런 상태를 나는 로봇화라고 부르고 있다.

이 어머니는 필경 '현모양처 로봇' 이고, 이 장녀는 '착한 아이 로봇' 이다. 전 세계 여성들에게 강제된 '착한 여자' 의 이미지는 마음에 채운 족쇄이다. '영혼의 족쇄' 인 것이다.

이런 로봇 인간은 본인은 자각하고 있지 않겠지만, 실제로 많이 있다. 그들은 부부이든 부모 자식의 관계이든 어떤 이미지를 만들어 그에 따른 역할을 하고 있다. 예컨대, 가족의 생일에는 맛있는 케이크를 굽는 자기를 이미지함으로써, 그런 행복한 아내이자 어머니 노릇을 하기 위해 남편이 필요하고, 자식이 필요하다고 생각하는 것이다.

또는 자랑스런 남편에 자랑스런 자식, 그리고 그들을 충실하게 보살펴 주는 좋은 아내 좋은 어머니인 자기를 이미지한다면, 남편이나 자식은 절대로 자랑스러운 것이 아니면 안 되는 것이다. 그녀로서는 자기 안에 "이만하면 됐다" 라는 감이 있을 리 없고 다른 사람이 어떻게 보느냐가 매우 중요하다. 어디까지나 행복스러운 아내로 보이는 것이 중요하고, 자기가 정말로 행복한가 아닌가는 아무래도 상관없다는 식이 되어 버리는 것이다.

우리 중 많은 사람이 이런 가족 이데올로기에 어떤 형태로든 포로가 되어 있다.

가족이라는 폭력 장치

그런데 우리는 왜 자식을 낳고, 그 자식을 귀엽다고 생각하는 경우가 많은 것일까.

부모는 자식에게 자기의 감정이나 욕구를 투사한다. 자기가 누군가를 싫어하고 있을 때 상대 또한 자기를 싫어하고 있는 것 같이 느끼는 일은 마음의 메커니즘으로서 곧잘 있는 일이다. 자녀와의 사이에서도 비슷한 일이 있다. 자식을 사랑스럽다고 느끼는 것은 부모가 나르시시즘이나 자기애(自己愛)를 자식에게 투사하고 있기 때문이다. 즉 자기 자신을 사랑하고 있는 것이다.

때로는 욕을 퍼부을 지도 모르지만, 자기로서는 자식을 귀여워하고 관심을 쏟고 있다고 생각하는 보통의 부모는 원래 자기 자신 역시 보통의 부모 밑에서 자랐음을 말해 준다. 보통의 부모란 원래 자기애라든가 자기 긍정감이 많아, 그것을 자녀에게 투사하기 때문에 자녀를 귀여워하면서 키울 수 있는 것이다. 그리고 그 자녀를 보통의 부모가 되게 마련이다.

그런데 개중에는 부정적인 자기, 자신을 혐오하는 자기를 안은 채 부모 노릇을 하는 사람이 있다. 그런 사람이 부정적인 자기를 자녀에게 투사하면 자녀를 귀여워할 수 없다. 인간이란 긍정적인 자기와 부정적인 자기를 함께 지니고 있어 자식이 둘 있으면 한쪽엔 긍정적인 자기를, 다른 쪽엔 부정적인 자기를 투사함으로써, 큰 아이는 사랑스럽지만 둘째는 아무래도 귀여워할 수 없는 경우가 드물지 않다.

이처럼 자식이란 부모의 나르시시즘을 투영받아 그 속에서 자신의 마음을 만들고, 그것을 또 다음 세대의 자녀에게 전한다. 사람은 자식에게 자기를 투사하여 그것으로 자식이 사랑스럽게 되거나 밉살스럽게 되거나 한다는 점을 깊이 새겨둬야 한다.

그런데 부부는 서로의 필요성을 충족시키고 싶지 않을 때 기능불능이 되어 버린다. 알기 쉽게 말하면, 부부 사이가 험악해지고 함께 있을 필요성이 없어지는 것과 같은 경우인데 이때 자식들이 그 간격을 메우는데 이용된다. 즉 남편과 아내가 각각 자식 때문에 이미 의미가 없어진 부부 관계를 계속하는 것이다. 또 잠재해 있는 부부 간의 문제를 '아이의 문제'로 바꿔 놓고, "아이를 어떻게 해야 할까요"라는 형태로 내게 상담하러 오는 경우도 있다.

그러나 이런 형태로 자식을 이용하는 것은 자식을 남용하는 것이다. 그런 가운데 자식이 부부 갈등에 휩싸이게 되면, 때로는 부모가 분노를 터뜨리는 배출구가 되어 폭력 세례를 맞는다. 그렇지 않은 경우는 불행한 부모를 위로하는 역할을 함으로써 자기의 욕구나 아이다운 감정의 노출을 밀쳐두고 부모의 필요를 위해 살아가게 된다.

또는 불행한 부모 쪽은 자녀를 살아가는 보람으로 여겨 그 성장과 성공에 지나친 기대를 가지면 자녀는 부모의 기대에 묶여 자신의 인생을 잃어버리고 만다.

이런 것들은 모두 부모들이 아이들에게 주는 정서적인 아동 학대이다.

아동 학대라고 하면 아이의 신체에 상처를 입히는 것이라고 여기고 있는 사람도 있겠지만, 나는 정서적인 학대도 아동 학대라고 생각한다. 아동 학대라는 말은 child abuse라는 영어를 번역한 것인데, 영어의 abuse는 원래 신체적인 손상을 준다는 의미는 없다. 여기에는 '몹시 욕을 퍼붓다' '남용하다' '부적절하게 대우하다'라는 뜻이 있다.

그런 까닭에 아동 학대는 극히 일부 사람의 문제가 아니고, 오히려 자식을 몹시 사랑하고 있다고 믿고 있는 많은 부모들과 결코 무관하지 않다고 생각한다. 바꿔 말하면, 자식을 사랑하기 때문에 간섭하고 속박하고 기대하고 요구하는 것이 자식에게는 부드러운 폭력이 되고, 이와 같은 부드러운 폭력마저 없는 가족은 오히려 적다고 말할 수 있을 것 같다.

실제로 내가 운영하고 있는 '가족기능연구소'의 문을 두드리는 사람들은 세상에서 말하는 극히 보통 가족의 사람들이다. 오히려 건전하고 이상적으로 여겨지던 가족들인 것이다.

이처럼 사랑에 의한 속박이 가족 안에서는 폭력이라 해도 좋을 만한 영향을 주어 버리는 케이스가 대단히 많다. 그런 의미에서 가족은 일종의 폭력 장치라고 생각한다. 이 표현이 극단적으로 들린다면, 폭력의 은폐 장치라고 바꿔 말할 수 있다.

가족 내 폭력에는 여러 가지가 있다. 여전히 아내를 때리는 남편이 있으며, 자녀에게 신체적인 상처를 입히는 부모도 있다. 최근에는 남편을 때리는 아내도 생겨났으며, 아들 살해 사건처럼 부모에게 폭력을 휘두르는 자녀도 많이 늘어났다.

이렇게 일상적으로 폭력의 피해를 입고 있는 사람, 예컨대 학대받는 아내(battered wife)나 학대받는 아이(abused child)나 학교폭력를 당한 아이는 전쟁 경험자나 인질, 포로을 경험한 경우와 같은 심적 외상을 받고 있다. 그들은 시간의 감각을 잃고 지금과 같은 가혹한 시간이 언제까지나 계속된다고 생각해 절망한다. 게다가 자기에게 자신감이 없어지고 자기를 통제할 힘을 잃어 버린다. 또 학대하는 사람에게 애착을 가지거나 거슬리지 않게 되어 버린다.

오랫동안 유폐당한 포로와 같은 사람은 상대에게 굴복하는 편이 편하다고 생각하게 되고 자기는 이제 틀렸다며 자신의 인격을 파괴하거나 부정하는 반면, 상대의 인격은 존중한다. 이것은 사이비 종교의 신자에게도 공통되는 심리이며, 오랫동안 포악한 남자에게 지배당해 온 여성도 이런 심리 상태에 빠진다.

여기서 한 가지 강조하고 싶은 것은 사실 매일처럼 자식에게서 폭력의 피해를 입게 된 부모, 즉 학대받는 부모도 전적으로 이와 같은 심적 외상을 입는다는 점이다. 학대받는 부모의 경우, 본래 부모로서 자식에 대해 권력자였기 때문인지 별로 동정을 받지 못하고 무시당하기 일쑤이다. 그들은 부모로서의 체면을 잃을 뿐더러 무엇보다도 직접적인 폭력에 시달려 마음이 꽁꽁 얼어붙어 버린 피학대자이며, 치유하는 데 많은 노력을 기울려야 하는 사람들이라고 생각한다.

그러므로 야구 방망이로 아들을 죽인 아버지의 문제는 이런 시각에서 다시 한번 관찰할 필요가 있다.

가족 내 심적 외상 증후군

— 조숙한 아이

인간이 살아가는 데 가장 중요한 것은 자신이 어머니나 아버지(또는 그들을 대신하는 사람)에게 필요한 존재가 되어 있다는 확신을 갖는 것이다. 부모로부터 인정받는 일이다.

"나는 필요한 존재이다. 나는 환영받고 태어났다"는 의식이 '나는 할 수 있다'라는 의식을 만든다. 반대로 부모로부터 인정받지 못하고 있다고 생각하는 사람은 자기 평가나 자존심에 결정적인 상처를 입어 그 사람의 힘, 즉 '나는 살 만한 가치가 있다'라든가 '나는 해낼 수 있다'라는 '살아가는 힘'이 꺾여 버린다.

'내가 살아 있는 것은 당연한 일이다', '내가 살아 있는 것은 모두에게 좋은 일이다.', '나는 모두의 태양이다'라는 감정을 드러내는 것도 비정상이지만, 인간은 나야말로 하늘이 준 사람이라는 감정을 갖고 있지 않으면 구제될 수 없다. '나는 모두의 태양이다' '나는 할 수 있다' 라고 생각하는 것은 아주 중요하다. '조숙한 아이(adult children)' 란 이런 의식이 결여되어 있는 사람을 일컫는 개념이다. 즉 자기가 하고 있는 일에 언제나 자신이 없는 사람, 다른 사람들로부터 손가락질을 받지나 않을까 하고 불안해 하거나, 이 세상에 살아 있을 만한가 하는 식으로 자기를 매우 낮게 평가하여 자신이 없고 자존심이 결여된 사람들이다.

이런 사람들은 자기가 다른 사람에게 어떻게 평가되고 있는가, 하고 있는 일이 좋은가 나쁜가, 언제나 다른 사람의 눈만 신경을 쓰고 살아가고 있다. 말하자면 자기의 마음속에 항상 자기 감시 장치를 만들고 있는 것과 같다. 그런 사람들이 요즘 들어 부쩍 늘어나고 있다. 자기가 무엇을 하고 싶다는 것이 아니고, 다른 사람의 요구에 얼마만큼 부응할 것인가를 언제나 행동의 원칙으로 삼고 있는 사람이다.

이런 종류의 문제는 살아남으면 그만이라는—지금도 제3세계에서는 그런 시대가 계속되고 있지만—사회에서는 잠복되어 있다. 그러나 삶의 질을 따지는 시대가 되면 이런 무기력과 자존적인 감정의 결여는 문제화된다. 조숙한 아이가 현대병이라고 일컬어지는 이유가 여기에 있는 것이다.

조숙한 아이라는 말은 원래 '알코올 의존증 부모를 가진 아이' 에게 붙여진 개념이지만, 현재는 앞에서 말한 것처럼 널리 해석해서 사용되고 있다. 그렇지만 조숙한 아이란 말은 병명도 아니고 의학 용어도 아니다. 자기가 살아가기 힘든 이유를 자기 나름대로 이해하려고 노력하는 사람이 도달하는 하나의 자기 인식, 자각이다. 그것은 또 회복을 향한 말이기도 하다. 스스로가 조숙한 아이라고 인식하는 것은 '거기에서 탈출하자' 라는 희망과 겹쳐지고 있는 것이다.

그러면 어떤 가족이 조숙한 아이를 만드는 것일까. '기능부전 가족(機能不全家族)' 이라고 총칭되는 것이 바로 그것이다. 기능부전이란, 자식에게 가족이 안전한 기지로서 기능하지 않고 있다는 것을 말한다. 가족이 안전한 기지일 때 비로소 자녀는 자기를 충분히 발달시킬 수 있다.

가족이 안전한 기지라고 느끼는 아이는 본 것이나 느낀 바를 제대로 말하고, 의문이 있으면 어른들에게 질문한다. 보거나 느낀 것을 말로 나타내는 과정에 아이의 마음이 발달할 여지가 생기는 것이다.

이와 반대로 기능부전 가족은 매우 까다로운 규칙이나 비밀 때문에 가족 구성원 모두가 꼼짝달싹 못하게 되어 있다. 예컨대 아버지가 알코올 의존증이면, 그것이 외부에 알려지지 않게 하기 위해 가족 내에 비밀을 만들게 마련이다. 물론 친구 따위는 초대하지 않는다.

기능부전 가족에는 대체로 다른 사람이 들어올 수가 없다. 이런 가족 내에서 아이는 본 것을 보지 않은 것으로 하고, 느낀 바를 느끼지 않은 것으로 해버린다. 그 결과 가족 안에는 얘기하는 것에 죄책감을 갖는 독특한 분위기가 생성된다.

부부 싸움을 예로 들어본다.

거실에서 부부 싸움이 벌어져 어머니가 화를 내며 접시를 집어 던진다. 접시가 유리창에 맞아 유리와 접시가 깨져 커다란 소리가 났다. 아버지도 화가 나서 문을 꽝 닫고 나가 버린다. 제 방에 있던 어린 딸은 양친의 고함소리와 유리가 깨지는 소리 등을 듣고 쇼크를 받는다. 머릿속이 하얗게 되기도 한다. 여기까지는 특별히 신기할 것 없는 이야기이다. 이런 사건이 있었다고 해서 기능부전 가족이라고 할 수 없으며, 그 정도로 딸에게 중대한 심적 외상을 주었다고 할 수는 없다. 문제는 그 뒤의 일이다.

아이는 머리 속이 하얗게 된 상태에서 다시 감정이 되살아나 불안해지고 불안감을 진정시키고 싶어서 거실을 들여다보러 간다. 가족 기능이 유지되고 있는 집과 기능부전의 집은 이 다음이 완전히 다르다.

가족 기능이 건전한 가족은 이렇다.

우선 불안해 하는 아이를 안아 준다. 그리고 "걱정마, 미안해. 엄마가 화를 냈지만 이젠 괜찮아. 아버지도 곧 돌아오실 거야" 하고 어머니는 상냥하게 말한다. 아이도 "깜짝 놀랐어요" 하며 울먹인다. 어머니는 다시 한번 다정하게 딸을 끌어안고 "정말 미안해. 이제 걱정 안해도 돼"라는 등 말을 한다. 그날 저녁 딸은 줄곧 어머니와 함께 있으면서 평소보다 더 응석을 부릴지도 모른다.

다음 날 아침 딸이 일어나 보니 아버지는 식탁 앞에 앉아 "여보, 미안해"라는 사과의 말을 하면서 웃고 있다. 아버지와 어머니가 언제나처럼 사이 좋은 모습을 보고 딸은 아주 안심하게 된다. 그리고 '지난밤의 일 같은 것도 있구나. 그렇다고 해서 평상시의 세계가 무너져 버리는 것도 아니구나' 하며 이해한다. 쇼크와 그 치유를 통해 하나의 체험을 쌓은 것이다.

그러나 기능부전 가족은 그렇지 않다.

딸이 거실의 동태를 살피러 가보면 어머니는 묵묵히 마룻바닥에 흩어진 유리와 접시 조각을 줍고 있다. 거기에는 아무런 대화나 설명도 없다. 딸의 불안은 누구에게서도 치유받지 못한다. 딸은 잠시 망연한 채 그 자리에 서 있지만, 곧 '이제 아버지는 돌아오지 않을 거야' 라고 나름대로 해석하고는 제 방으로 돌아가 버린다.

이런 불안이나 의혹에 맞설 힘을 이 아이에게 기대할 수는 없다. 아이는 머리 속이 하얗게 되어 아무것도 느끼지 못하는 감정 마비 속에 갇혀 버린다. 다음 날 아침 아버지와 어머니는 평소와 같이 식탁에 앉아 있지만 마치 아무 일도 없었다는 것처럼 아무 말도 하지 않는다. 딸의 불안은 치유되지 못하고, '그 일을 말해서는 안 된다' 라는 부모가 정한 규칙만이 딸의 의식을 지배한다. 결국 이 불쾌한 기억은 회상하기 싫은 일이 되는데, 딸을 놀라게 한 쇼크는 몸의 기억으로 남게 된다. 이 딸은 사람들의 고함소리나 와장창, 꽝 하는 소리를 들을 때마다 '머리 속이 하얗게' 되는 어른이 될 것이다.

그리고 기능부전 가족은 전혀 폭력이 없는 가정에도 있을 수 있다.

예컨대 아버지가 일에만 의존하여 자식의 문제는 염두에 없는 가족이나 어머니와 할머니의 사이가 매우 나쁜데도 입으로는 "우리 며느리는 좋은 며느리"라든가 "시어머님은 참 좋은 분이에요" 라는 말을 하지만 진실한 대화가 없는 가족, 아버지는 술도 마시지 않고 폭력도 휘두르지 않지만 무조건 엄하고 차가워 자식이 겁에 질려 말도 하지 못하는 가족이 이에 해당된다.

가족이 나뉘어 아버지는 장남과 어머니는 차남과 각각 한 패가 되어 끼리끼리만 가깝게 지내고 있는데도 "우리는 매우 사이가 좋다"라 공공연 하게 말하고 있다면, 이것도 무서운 기능부전 가족이라고 할 수 있다.

그리고 정치 문제라든가 세계 정세를 곧잘 얘기하면서 가족 내에 농담도 웃음도 없이 차가운 기운이 지배하고 있는 것 역시 기능부전 가족이다. 또 가족 내에 프라이버시가 없는 경우, 예컨대 부모가 멋대로 서슴없이 아이들 방에 들어가 서랍 속 일기를 보는 것을 예사로 하는 가족도 기능부전 가족에 포함된다.

자식 기르기란 원래 태어나서 당연하다는 얼굴을 하고 있는 갓난아기가 행복한 감각을 지닌 채로 사회성을 익혀가는 것을 지켜보는 작업이다. 그러나 앞에서 말한 것과 같은 기능부전 가족 속에서 자라는 아이는 부모에게 이 자존심을 뺏겨 버리는 것이다.

이 자존심과 '나는 할 수 있다'는 용기야말로 다른 사람에 대한 공감 능력이 되어간다. 자신이 인정받고 있는 인간은 다른 사람도 인정한다. 이와 반대로 자기가 다른 사람에게 받아들여지고 있다고 생각하지 않는 인간은 다른 사람을 받아들여 공감할 수가 없는 것이다. 다시 말하면 다른 사람과의 친밀성을 가질 수 없는 사람이 된다. 이것은 살아가는 데 가장 고통스럽고 가혹한 일이라고 할 수 있다.

사람이란 어른이 되면 될수록 쓸쓸하게 마련이다. 그래서 다른 사람을 원하는데, 공감 능력이 없는 사람은 다른 사람과 잘 어울릴 수가 없다. 반대로 공감 능력이 있는 사람은 다른 사람과 균형 잡힌 좋은 관계를 금방 만들 수가 있다. 그리고 그것이 또한 그 사람의 힘이 되는 것이다. 사족이 되겠지만, 조숙한 아이는 자기가 자란 환경과 같은 집이나 집단을 만든다. 왜냐하면 조숙한 아이는 자기를 냉랭하게 욕하고 학대한 부모를 추구하기 때문이다. 인간에게는 자기를 학대하는 상대를 이상화하는 묘한 측면이 있는 것이다.

다시 말하면 아이는 자기를 학대하는 사람을 마음 속에 그려 넣어 자기의 일부로 만들어 버린다. 그러므로 부모로부터 학대받아온 사람은 도리어 그런 부모를 이상적인 부모라고 말한다. 요컨대 자기 부모를 이상적인 부모라고 말하는 사람은 약간 위험하다. 건강한 사람은 "우리 부모는 시시하다"라든가 "몹쓸 부모"라고 말한다. 조숙한 아이는 자기를 학대하고 자기의 규칙을 밀어붙이는 절대적인 권력자를 거꾸로 추구한다.

그리고 조숙한 아이 중에는 '우리 집은 특별하다'라는 가족 신화나 혈통 망상을 가진 사람이 많은데, 절대 권력자를 중심으로 그런 엘리트 의식을 가진 집단을 만들기가 쉬운 것이다. 그러므로 조숙한 아이의 조직은 애당초 사교집단적인 것이 된다. 가부장적인 권위를 뻔뻔스럽게 휘두르는 사람이 있으면 거기에 유순하게 따라가는 것이다. 더군다나 이따금 심하게 학대해 주면 더욱더 기뻐한다. 돈을 바치게 하거나, 형편없는 식사를 하며 살게 하거나 엄한 계율을 지키기 위해 자기의 욕망을 버리게 하면 도취해서 열중해 버리는 것이다.

그런 까닭에 엘리트 의식과 학대를 겸비한 사이비 종교는 어디서든 번성하는데, 일본의 옴진리교는 바로 이런 것이었다. 교주 아사하라 쇼코는 반 장님이었는데도 불구하고 가정 사정 때문에 맹아학교에 들어갔는데, 반 장님의 인간은 완전한 장님이 볼 때는 초능력을 가지고 있는 듯이 여겨진다. 그는 이 점을 눈이 온전한 자들의 사회에서 거침없이 활용한 셈인데, 그런 것을 추구하는 사람이 있었기에 통용된 것이다.

옴진리교의 '하루마게돈'도 조숙한 아이에게는 매력적인 교리이다. 왜냐하면 조숙한 아이의 병리 가운데 하나는 미래가 보이지 않는다는 것이 있기 때문이다. 심적 외상을 입은 사람은 모두 그 이전에 가지고 있었던 미래상을 가지지 못하게 되어 있다. '하루마게돈'이란 자기와 함께 세계가 종말을 고한다는 사상인데, 심적 외상을 입은 사람에겐 이처럼 알기 쉽고 매력적인 세계관은 없다.

2 응석부리는 남편, ' 어머니' 가 되는 아내

아가멤논 공포가 없는 남편

유럽이나 미국의 남편들에 비해 일본과 한국의 남편은 아내의 배신에 대해 경계심을 가지지 않거나 적다고 할 수 있을 것 같다.

아내에 대해 심려하는 것을 '아가멤논 공포' 라고 한다. 아가멤논은 호머의 『일리어드』 서사시에 읊어진 트로이전쟁의 그리스군 총대장이다. 오랜 세월에 걸친 전쟁에서 돌아온 그는 집을 비운 사이 바람을 피운 아내와 그 정부에게 살해된다.

즉 아가멤논의 부부란, 남편의 부재중 아내가 다른 남자와 정을 통함으로써 참담한 변을 당할 만한 부부 관계를 말한다. 그러나 일본과 한국의 남편에겐 그 같은 불안은 거의 없는 것 같다. 그러니 언제까지나 태평스럽게 아내를 기다리게 할 수 있는 것이다.

이전에 어느 잡지에서 '남편의 귀가 거부증' 이라는 특집을 내고, 샐러리맨에게 앙케트 조사를 한 적이 있다. 나도 그 좌담회에 초청되었는데, 앙케트 결과에 웃어 버리고 말았다.

귀가 시간이 심야가 되는 샐러리맨이 많지만, "사실은 8시에 돌아갈 수 있다"고 대답하고 있는 사람이 적잖다. 그리고 "이에 대해 부인은 어떻게 여기고 있다고 생각합니까?"라는 질문에는 대부분이 "아내는 남편을 믿고 기다려 준다고 생각한다"고 대답하였다. 현재 왕성하게 활동하는 회사원들은 아내에게 어머니와 같은 역할을 기대하고 있다. 적어도 아내에게 이런 무언의 호의를 기대할 수 있을 때, 아내란 이미 여자가 아니다. 무엇이냐 하면 어머니인 것이다.

결혼의 동기 부여가 남자와 여자의 경우 매우 다른 것 같다. 무엇보다 여성은 생활의 질을 높이기 위해서이고, 남성은 남들처럼 되기 위해 결혼한다. 전혀 다른 기대를 하고 있는 것 같은데, 내가 보기엔 공통된 하나의 목적이 있다. 그것은 남편이나 아내 모두 어머니를 추구해서 결혼한다는 것이다.

이것은 현재의 부부를 생각할 때의 중요한 포인트이다. 어머니를 추구하는 것으로, 남편도 아내도 부부가 되면 어린이로 돌아가는 경쟁을 하기 시작한다. 이 경쟁에서는 대체로 남편이 이기고, 그 결과 아내는 어머니화된다. 결국 남편들은 어머니 같은 아내의 보살핌을 기대하는 개구쟁이라고 생각된다. 대체로 남자의 경우, 자궁에서 나와 이성의 부모 사이에 만들어진 인공적인 자궁의 환경 속에서 자라게 되어 있다. 인공의 자궁은 우선 어머니의 몸 전체에서 시작되고, 다음엔 집안, 결국에는 가정이 되는 것이다. 이것들은 일종의 유사 자궁이다. 이 자궁이 결혼 후에는 아내와 함께 만드는 가정이 된다. 즉 결혼과 동시에 자궁으로 되돌아가는 일을 하고 있는 것이다.

결혼 후 남편이 아내에게 긴장감을 가지지 않게 되는 것을 흔히 '낚은 고기에는 미끼를 주지 않는다' 라는 말로 표현하지만, 그런 남녀의 전술 같은 것이 아니라고 생각한다. '아기로의 회귀' 라고나 할까, '자궁에의 회귀' 라는 훨씬 더 무서운 문제가 아닐까. 곧 남편과 아내는 마치 자궁 안의 태아와 모체의 관계처럼 되고, 이것은 젖먹이와 어머니의 관계보다 더욱 수준이 낮은 것이지만, 일종의 퇴행 현상이 부부 사이에 저도 모르게 일어나고 있는 셈이다.

언제까지나 어머니에게 안길 수 있다고 믿으려는 남자, 그렇게 믿도록 하려고 유혹하는 여자. 이 둘 사이에 성립하는 관계, 그것이 수많은 부부 관계가 아닌가 싶다.

그런 까닭에 남편들은 저녁 7시에 귀가하여 식탁에 둘러앉지 않으면 큰일이라든가, 아내의 생일을 잊지 않도록 노력해야 된다는 긴장감에서 벗어나 있다. 아내는 세금이 면제된 것 같은 홀가분한 기분을 남편에게 주고 있는 것이다.

이렇게 해서 남편은 집 안에서 점점 더 아이가 되어진다. 그로 인해 회사 내에서는 아무리 보통의 남성 대접을 받고 있어도, 기본적인 남성다움이라는 것은 상실되어 있다. 초등학교 시기의 수재 소년과 같은 회사원이 많아지고 있는 것은 이런 점에도 그 원인이 있다.

애당초 가정을 가진 이상, 아내가 다른 남자와 정을 통하지나 않을까, 자기를 버리고 집을 나가 버리지나 않을까 하는 공포를 항상 가지고 있지 않으면 성숙된 남자라고 말할 수 없다고 생각한다. 말하자면 남자들은 근본적으로 다 자라지 못한 미성숙아인 것이다. 여기에서 갖가지 문제가 발생한다. 다시 말해 귀가 공포증, 마더 콤플렉스, 섹스 상실, 일중독 등 이 모든 것이 결국 이런 미성숙에서 초래된 문제이다.

극단적인 경우 바람기만 해도 자기가 좋아하게 된 여성에 대해서 아내와 상담하는 남편이 있다. 아내에게 그런 것을 상담한다는 것은 어머니에게 새로 사귄 여자 친구에 관한 것을 보고하는 것이나 다름없다. 이런 어처구니없는 착각을 하는 남편마저 있다. 불륜 상대에 관해 남편에게 상담하는 아내는 전혀 없다. 이것은 여성으로서는 생각할 수도 없는 일이다.

원래 비밀을 유지한다는 것이 성숙한 사람의 조건이다. 아내에게도 남편에게도 비밀이 있고 그 부분에는 서로 관여하지 않는다는 것이 은연중의 약속일 터이다.

나는 어른스러움의 결여가 남자들의 기본적인 문제라고 생각한다. 남자들은 언제나 성숙된 여성과 상대하여 대등하게 맞서 나가는 자기를 중요하게 여기고, 이런 남자에게 영웅 얘기를 만들게 하면 곧장 그런 남자가 된다. 그러나 실제의 남성이 내심 바라고 있는가 하면, 자궁이다. 자궁으로 돌아가 편안해지고자 하는 것이다.

유행가에도 그런 것이 더러 있다. '여자는 바다' 라든가 '돌아와 쉬라' '저 바다에 누워' 라는 등의 가사가 들어 있는 노래이다. 이것이 남자들의 기본적인 생리이다. 그것은 어느 나라, 어느 문화의 남자나 마찬가지라고 생각한다.

그러나 거기에는 자존심이 있기 때문에 그런 말을 공공연히 하지 않는 나라와 말하고 나서 용납되는 나라가 있다. 일본은 바로 후자이다. 그런 말을 하면 끝장이라고 느끼면서도 빗장을 풀어 용납하고 있는 것이 일본의 모성 문화(母性文化), 뒷바라지 문화이다. 그렇더라도 남편들에게 아가멤논 공포가 없는 것은 남편만의 문제가 아니라고 할 수 있다. 아내가 너무 집만 지키고 있기 때문이다. 애당초 '남자다움의 병'을 논한다면 상대가 되는 '여자다움의 병'에도 언급해야 한다.

일본의 아내들은 왜 그렇게 금방 '마마'라 불리고, 또 그대로 받아들이고 있는 것일까. 하나는 분명히 편리해서인지도 모른다. 그러나 또 하나는 나르시시즘적인 세계 안에서 집을 하나의 소우주로 여겨 그 속에 남편과 자식을 품어 마마라고 불리면서, 여자가 그 중심에 군림하고 있다는 것이 아내로서도 편안하다는 의식이 있다고 생각한다.

그렇다면 그런 세계를 무너뜨릴 것 같은 남편이란 두통 거리여서 될 수 있는 한 손님처럼 오고 떠나가는 자식과 같은 남편이라야 고마운 법이다. 아내 자신도 마마가 되어 있는 편이 편안하다는 얘기가 된다.

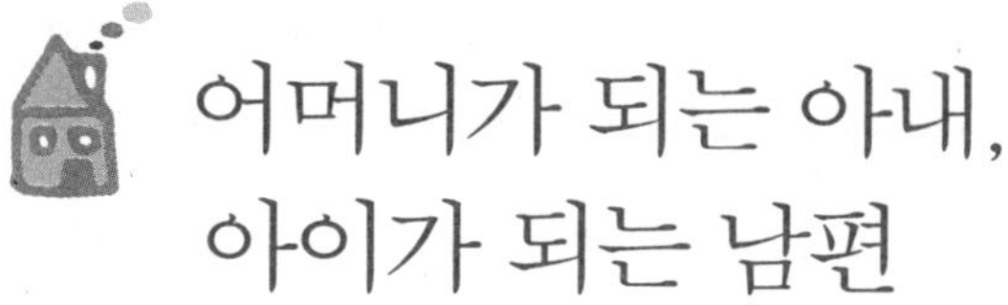

어머니가 되는 아내, 아이가 되는 남편

페미니스트 시인 아드리엔느 리치는 "남자가 여자의 모성에 담겨짐으로써 혼인이라는 제도가 성립되었다"라고 쓰고 있다. 그러나 이 설명만으로는 아무래도 부족하다는 생각이 든다.

원래 성인 두 사람 사이에서 한쪽은 받기만 하고 다른 한쪽은 주기만 하는 불균형의 관계가 언제까지나 계속될 리가 없는 것이다. 여자 쪽은 어머니 역할을 강요당하면서 그것을 어디선가 즐기고 있다고 생각한다.

말하자면 여자들은 남편과 아이에게 신경을 쓰고 보살펴 주는 것으로 그들을 통제하고, 가족 안에서 자기의 지배권을 확립하는 것이다. 대체로 아내나 어머니는 통제의 명수로, 이것은 보살펴 주는 역할로 표현된다. 한편 남편과 자식은 보살핌을 받는 것에 익숙해 있다.

조금 얘기가 옆길로 빗나가지만, 사람은 대개 술을 먹이면 본심을 드러낸다. 남자와 여자의 취하는 방식은 그런 의미에서 상징적이다. 남자는 취하면 우선 목소리가 커진다. 커진 목소리로 무엇을 말하는가 하면, 결국 자기 자랑을 하는 것이다. 자기는 대단히 유능한데 그것을 상사가 알아주지 않는다고 푸념한다. 즉 상사의 악담을 한다. 술친구와 상사의 악담을 하고 있는 동안에는 의견일치를 보지만, 그러다가 "내가 더 낫다"라는 얘기로 발전되어 말다툼을 하게 된다. 이것이 남자의 취하는 방식이다.

여자는 이런 방식을 취하지 않는다. 무조건 다른 사람의 시중을 들어준다. "술을 더 시킬까요" "더 마셔요" "이젠 그만 마셔요" "그 자리 좀 더 좁혀요" "좀 더 이쪽으로 다가 앉아요" 하는 식으로 이것저것 말이 많다.

남자들은 바나 캬바레 같은 곳에 가서도 웨이트레스가 담배에 불을 붙여 주지 않으면 기분을 상하는 정도로, 원래 시중받는 것을 매우 좋아한다. 이렇게 시중받는 남자와 시중드는 여자의 커플이 흔히 있는 보통부부의 관계이다.

시중받기와 시중들기의 관계가 알코올 의존증의 남편과 아내처럼 극단에 이르면 그것은 바로 '병'이다. '공 의존증(co-dependence)'이라는 병인 것이다. 공동의존증이란 두 사람 사이에서 한쪽이 다른 쪽을 통제하고, 다른 쪽은 통제당하는 두 사람 관계의 병리이다.

아내가 남편에게 더 이상 술을 마셔서는 안 된다고 통제한다. 그런 반면 남편은 아내가 언제나 술을 마셔서는 안 된다며 신경을 계속 쓰도록 행동함으로써 아내를 통제하고 있다. 즉 남편만 생각하는 형태로 아내를 묶어 두는 것이다.

이런 관계는 특별히 알코올 문제에만 국한되지 않고, 가정 내 폭력 아들과 그 어머니라든가, 거식증의 딸과 그 어머니와 같은 관계에도 해당된다.

보통 부부의 경우 그것은 병이 아니겠지만, 그러나 곰곰이 생각해 보면 역시 정상이라고는 할 수 없다. 예컨대 시중받기와 시중들기 부부는 결국 남자가 자기 속옷이 있는 장소조차 모르게 된다. 밥을 지을 줄도 모르고, 요리도 할 수 없으며, 세탁도 하지 못한다. 이런 남자는 여자의 입장에선 통제하기가 쉽다.

결국 이런 남자는 아내가 먼저 세상을 떠나고 양로원 같은 곳에 들어가도 주위의 할머니들에게 응석을 부리는 이외에 살아가는 재주가 없게 된다. 앞에서 소개한 잡지의 '남편의 귀가 거부증' 특집에서 "당신에게 가장 불안한 것은 무엇인가?"라는 질문에 샐러리맨들은 '아내가 먼저 죽는 것'을 가장 많이 꼽고 있다.

남편이 먼저 죽은 아내와 아내가 먼저 죽은 남편 가운데 어느 쪽이 더 오래 사는가를 보면 그 점은 명백하다. 혼자가 된 다음을 비교해 보면 압도적으로 남자 쪽이 빨리 죽는다. 남자가 홀로 되었을 경우 강인하게 살아가기란 매우 어려운 것 같다. 아내와 사별한 다음 새로이 자기 세계를 만들고, 또 이성을 사귀며 살고 있는 노인은 별로 없다.

어느 조사에서, 이혼했을 때의 감정을 남자와 여자에게 각각 물어 보았다. 결과는 여자는 '새출발', 남자는 '인생의 구렁텅이'라는 것이었다. 중년의 이혼에서 받는 감정의 충격이 완전히 반대 방향인 것이다. 여자의 경우는 이혼을 새출발이라고 여기고 후련해 하는 케이스가 상당히 있지만, 남자들은 비둘기가 새총에 맞은 듯이 깜짝 놀라며 "이게 웬 날벼락이냐"라고 한다. 왜 이런 변을 당해야 하는지 모르겠다고 푸념한다.

남자와 여자에게 있어서 결혼이란 무엇인가 하는 문제가 되새겨진다. 결혼은 경제력을 남편이 유지하는 대신 어머니의 자궁을 손에 넣는 구조인 것이다. 왜 여자 쪽이 경제력을 빼앗기는가 하면 자녀가 있기 때문이라는 것에 귀결된다.

좀 더 심하게 말한다면, 남자는 여자를 경제력으로 사고 있는 셈이다. 어느 정도 그것을 인정하고 있다든가 양해하고 있는 가운데 대부분의 결혼은 성립되고 있다.

그러므로 여성의 경제력이 강한 사회일수록 이혼은 늘어난다. 결혼 제도가 남성의 것이기 때문이다. 여성에게 결혼이란 그다지 좋은 것은 아니라고 생각한다. 실제로 경제적인 의미를 빼면, 아내의 입장에서 진정한 의미로 남편을 필요로 하고 있는 사람은 적지 않을까 생각된다.

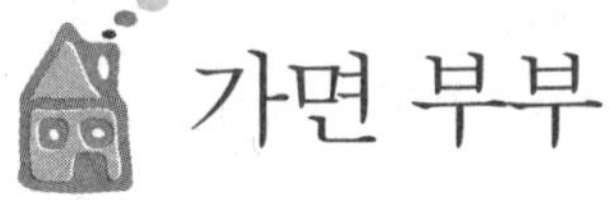

가면 부부

— 남편의 바람기와 아내의 불륜

T씨 부부는 둘 다 서른다섯 살이다. 대학 동창으로, 남자 쪽이 맹렬히 구애하여 스물다섯 살 때 결혼했다. 아내는 직업을 갖고 있어 빨리 결혼하는 것은 싫었지만, 막무가내로 끌려간 셈이었다. 현재 다섯 살짜리 딸이 하나 있다.

문제가 생긴 것은 아내의 출산 후, 그러니까 5년 전이었다. 남편이 회사의 후배 여성과 교제를 시작한 것이다. 지난해 그것이 발각되어 버렸다. 친정에서 예정보다 일찍 돌아온 아내가 집에서 남편이 그 여자와 함께 있는 장면을 목격한 것이다.

그 여자는 잠옷 차림이었는데, 옷을 갈아입을 때 아내가 보는 앞에서 자기의 속옷들을 차곡차곡 접고 있었다고 한다. 그전부터 가족 서비스라고는 거의 하지 않는 남편은 설날이나 연휴, 여름 휴가 같은 때 출장이라며 집을 비웠다. 그리고 사내 예금 등도 거의 다 써버렸다.

아내는 남편을 더이상 믿을 수 없다며 걱정이 태산 같다. 남편에게 어쩔 셈이냐고 물으면 그녀와 헤어질 수는 없다고 한다. 헤어질 테니 용서해 달라고 말할 수 있으면 좋겠지만, 그렇게 안 된다는 것이다. 아내에게 "당신이 나쁘다"라고도 말하는 모양이다.

또 남편은 그 여자가 아버지 없이 어머니와 여동생하고만 살고 있기 때문에 불쌍해서 헤어지지 못한다고 말한다. 그런 얘기를 남편은 소위 아내라는 사람에게 버젓이 하고 있는 것이다.

남편은 언젠가 그 여자와 잠자리를 같이했을 때 잠꼬대로 아내 이름을 불렀다. 그래서 미안하다고 했더니 그 여자가 화를 냈다는 따위의 얘기까지 아내에게 했다.

이처럼 자기의 바람기를 아내에게 이것저것 얘기하는 남편이 최근 생겨나고 있는데, 이런 남편의 외도 패턴은 흔히 있는 일이다. 이 남편이 태어나고 자란 환경은 어머니가 지방의 부잣집 딸이고 아버지는 도시의 지식계층이라는 가정인데, 그가 열 살 때 어머니의 불륜이 원인이 되어 부모는 이혼해 버렸다. 어머니는 아직도 건재하지만, 큰 회사의 간부였던 아버지는 이미 고인이 되었다. 한편 아내의 친정은 도쿄에서 보통의 샐러리맨 가정이다.

이 남편은 어머니의 불륜이라든가 아버지와의 이별을 체험하여, 이른바 조숙한 아이이다. 어머니에 대해 완전히 호위병처럼 행세해 왔다. 본인의 기분으로는 지금도 어머니를 지키고 있는 것이다.

실제로 어머니의 집에서 살며 가계에 결손이 생기면 어머니로부터 원조를 받고 있기 때문에, 어느 면으로 보아도 지켜주고 있다고 할 수는 없지만, 아무튼 기분상으로는 어머니를 지켜 왔다.

그런데 그런 관계에 한계를 느낀 단계에서 아내에게 맹렬하게 구애한 것이다. 그것이 대학시절이었다. 말하자면 결혼으로 어머니에게서 떨어지려고 한 것이다. 그런 의미에서 남편은 결혼에 대해 여러 가지를 기대하고 있었다. 그러나 앞에서 말했듯이 결혼은 자궁으로 회귀인 것이다. 어머니로부터 '어머니의 품' 을 제공받고 있는 주제에 그것으로 만족하지 못하는 셈이다. 이 남편의 경우, 새로운 어머니를 찾아, 자기의 어머니와는 다른 의미에서 든든한 사람을 기대한 것이다.

자기 어머니처럼 부유하게 자라 자주성이 없는 그런 여성이 아니라 아내는 학과에서 자기보다 머리가 좋아 무엇이든 척척 잘해내며 키가 늘씬하고 침착한 목소리로 논리정연하게 말을 하는 사람이었다. 좌우간 한눈에 믿음직하고 목표가 뚜렷한 것이 좋았다.

그러므로 이 남편은 아내가 직장에서 열심히 일하고 있을 때는 외도를 하지 않았다. 아내가 출산해서 어머니가 되자 다른 여성을 찾게 된 것이다.

임신중에 남편이 바람을 피우는 케이스가 많은 것은 대체로 결혼 초에 아내가 남편에게 보호자처럼 보살펴주는 버릇을 들여 버렸기 때문이다. 자기가 보아서 존경할 만한 여성과 함께 살게 되었는데, 그 사람과 대등한 위치에 서려고 하기보다는 오히려 그 여성에게 포옹받아 편안해지고 싶어진다. — 이것이 남편이 원하는 것이었던 셈이다.

이 남편은 결국 그런 관계 속에서 언제까지나 응석받이가 되고 싶은 것이다. 그것을 단념하지 않는 것이 문제이다. 그렇기 때문에 아내가 출산을 해서 아이에게 관심을 두자, 포옹해 줄 새로운 상대가 필요하게 되었다고나 할까.

그와 동시에 이 남편은 아내 앞에서 뻐기는데 지쳐 버린 것이다. 정력이 있을 동안에는 자기보다 한 수 위인 당찬 여성과 보조를 잘 맞출 수 있었지만 결국 지쳐 버렸다.

남편의 바람기가 아내에게 들켰을 때는 보통 잘못했다는 정도는 말하는 것이지만, 이 남편은 그런 말을 절대로 하지 않았다. 요컨대 아내에게 일종의 사인을 주는 것이다. 그처럼 밀어붙여서 결혼을 했지만, 어쩐지 이 결혼은 잘못된 것같이 느껴진다는 사인이다.

더 이상 함께 살아갈 수 있을 것같지 않다는 분명한 말을 남편은 하지 못한다. 본심은 달아나고 싶지만 달아날 수가 없다. 그러니 간접적인 사인을 낸다. 어디까지나 성숙된 사람이 되어 있지 않은 것이다.

한편 아내 쪽에도 문제가 있다. 지난 5년 동안 줄곧 너무 어머니 노릇에 매달려 있었던 것이다. 그리고 친정에서 돌아왔을 때 집에 여자가 있었다. 그 여자가 잠옷을 천천히 갈아입고 속옷을 손에 들어 그것을 보라는 듯이 하고 있었다며, 그 여자의 모습을 얘기할 때 그녀는 어딘가 눈이 한곳에 못박혀 버린 것 같아, 대단한 쇼크를 받은 것이라는 느낌이 들었다.

그녀로서는 자기가 포기한 여자가 거기에 있던 것이라고 깨달아야 옳지 않았을까. 크게 반성해야 마땅했다. 실로 이 부부도 '아가멤논 공포가 없는 부부' 였던 것이다. 아내는 속옷을 들고 서 있는 그런 여자로 되돌아가면 되는 것이다.

인간이란 배제하려고 생각하는 것에 한층 더 끌리기 마련이다. 배제하려는 생각은 바짝 매달려 와서는 '침입적 회상(侵入的 回想)' 이라고 불리는 것이 된다. 거기에 대처하기 위해서는 단단히 그 문제에 맞서는 것이 좋다. 어느 날 저녁 남편이 집에 돌아오니 매우 요염한 여자가 있는데, 자세히 보니 아내였다는 식이 되어야 하는 것이다.

남편은 자기가 바람을 피워도 아내가 어디론가 가 버릴 것이라고는 전혀 생각하지 않고 있었다. 이것은 기이한 일이다. 남편은 바람피우는 상대와는 여러 가지 의미에서 남자다움을 발휘할 수 있는 것이다.

남편의 연인을 소개받고 있다는 기분이 든다고 아내 쪽에서 말한다는 것은, 아내는 바로 어머니가 되어 있다는 것을 말한다.

현재 나라는 제3자를 사이에 두고 그 경과를 지켜보고 있는 단계이다. 이 부부가 앞으로 어떻게 될지는 그들 스스로가 결정할 일이어서 나는 구체적인 조언을 하지 않는다. 그래도 어쩔 도리가 없는 것이다.

이혼하는 것이 불리하다든가, 만약 이혼한다면 어떤 절차를 밟아야 한다든가는 변호사가 할 일이다. 내가 할 일은, 그들이 결단을 긍정적으로 또 이만하면 좋다는 식으로 스스로가 내리도록 도와주는 것이다. 그리고 이것이 30대 중반 부부의 일시적인 위기로 끝날 것인가, 아니면 새출발을 하는 드라마로 전개되어 갈 것인가.

단조롭지만 결국 재미있는 드라마라고 생각한다.

그렇더라도 남편의 외도 이야기는 항간에 넘쳐흐르고 있다. 앞에서 말했듯이 나에게도 남편의 바람기가 부부의 위기로 발전되어 상담하러 오는 사람이 더러 있다. 그러나 나로서는 남편의 바람기가 왜 이처럼 적으냐고 생각하는 편이 오히려 이치에 맞는 것같이 여겨진다. 왜냐하면 20년, 30년을 동일한 두 사람이 단지 성적인 목적으로 함께 살고 있다는 것은 부자연스럽고 있을 수 없는 일이라고 생각하기 때문이다.

남편의 바람기에는 여러 종류가 있다. 하나는 자기의 남성다움을 성기능으로밖에 확인할 수 없는 남자의 바람기이다. 예부터 권력과 지배의 도구로 인식되어 온 섹스라는 것에서 떨어질 수 없는 남자가 집 안에서는 아이 노릇만 하고 있기 때문에, 집 밖에서 남성을 되찾으려는 의미에서 바람을 피운다. 이것이 우리 사회에서 일반적이고 전통적인 것이 되어 있다.

이와 같은 성기 위주의 의식을 가진 남자의 바람기와 더불어, 아이인 자신을 언제나 확인해 가는 바람기는 반대 성질의 것이 있다. 이것은 의존적인 남편의 바람기이다. 즉 어머니의 보살핌 같은 것을 아내 이외의 여성에게도 차례로 추구해 간다는 것이다.

성기 위주의 의식을 가진 남자의 바람기는 '사나이의 보람' 이라고 일컬어져 전통 사회에서 인정 내지 용인되어 온 것에 비해, 이 의존적인 남편의 바람기는 예부터 '변변치 못한 남자' 의 바람기라고 규탄받아 온 것이지만, 실제로는 좀처럼 없어지지 않는다.

그것은 이런 남자의 응석을 용납하는 여자 품의 깊이라고나 할까, 아무튼 여자 측의 문제라고 생각한다. 즉 보살펴 주는 것으로 남자를 지배하고 있다는 일종의 권력, 시중드는 권력이라는 것이 여자 측에 있으므로 의존적인 남자들이 빨려 드는 것이라고 해석 된다.

이런 남자의 바람기에 비해 여자의 바람기, 불륜은 복잡하다고 할 수 있다.

아내가 불륜에 빠지는 동기 중에 종종 남편에 대한 앙심이라는 것이 있다. 오랫동안 남편을 섬겨 온 아내나 남편의 어머니 노릇을 해온 아내에게는 남편에 대한 앙심이 다소 있게 마련이다. 왜냐하면 자기가 완전한 아내 역할을 하고 있는지 아닌지 늘 자기점검을 하고 있는 가운데, 이 내부의 감시자가 남편의 모습으로 되어가기 때문이다. 그래서 남편의 감시하는 눈으로부터 도망치는 것이 하나의 소원으로 마음속에 자리잡게 되는 것이다.

그것은 전통적인 성(性)의 제도 안에서 성역으로 자리매김 되어 온 아내의 반란이라고도 할 수 있고, 남편의 어머니 노릇이라는 입장에서 자기를 해방시킨다는 적극적인 의도가 포함되기도 하지만, 어쨌건 그 저변에 깔려 있는 것은 남편에 대한 앙심이다.

일부 파렴치한 방향으로 가고 있는 경우가 있지만, 아내의 바람기에는 남편의 바람기와 비교해서 자기 발견이라고나 할까, 자기 탐색이라는 적극적인 면이 있는 것은 주목해야 할 일이다. 그것은 아내의 현재를 반영하고 있는 것이다.

섹스를 하지 않는 부부

— 쓸쓸한 아내들

현대의 부부 위기를 초래하는 요인 가운데 한 가지는 남편이 일에만 몰두하는 것이 있다. 남편이 건강하기 때문에 집을 비우는 편이 낫다고 정색으로 말하는 아내도 적잖은 반면에, 남편의 부재에 애태우는 아내도 많다.

"언제 돌아올지 모르는 남편을 기다리며 저녁 식사 준비를 하는 생활에 무슨 의미가 있는가" 하는 푸념이 많은 부엌에서 들려오고 있다. 그 일부는 불안감이나 무기력의 신음이 되어, 마침내 부엌에서의 고독이 술로 주부의 정신과 육체를 갉아먹는다.

아내의 알코올 중독이 사회적인 문제로 표면화되기 시작한 1984년 4월, 『아사히신문』의 '금요광장'에 다음과 같은 주부 M씨의 다음과 같은 이야기가 실려 있었다.

아이가 울어서 집안일은 중단한다. 자꾸만 초조해진다. 그럴 때 한 잔. 세탁을 한 뒤에 또 한 모금 마시고 이번에는 청소… 기운이 나서 집안일이 착착 잘 정리되는 느낌이다. 아이가 울어도 '그래그래 괜찮아' 하고 말해 준다. 한시라도 좋은 기분이 되고 싶다. 비참한 모습이다. …… 도가 넘게 마시니 졸린다. 그런데 아이가 매달린다. 버럭 고함지르고 그래도 듣지 않으면 한 대 쥐어박는다. 아이의 입술이 터져 피가 나오게도 했다. 번쩍 정신이 들었다.

몇 개월 뒤 M씨의 남편이 부엌 싱크대 아래 감춰진 위스키 병을 발견하고 야단을 쳤다. M씨에게는 술을 마시지 않고는 견딜 수 없는 자기의 기분을 남편이 알아주었으면 하는 생각이 있었다. 그러나 남편은 남은 위스키를 버리고는 술을 마시지 말라는 한 마디 할 뿐이었다. 그 이상 아무 말도 하지 않고 아무것도 듣지 않았다.

M씨는 결혼생활에 많은 기대를 갖고 있었던 것은 아니다. 결혼생활이란 그다지 달콤한 것이 아니라는 것을 알고 있었다. 그러나 현실은 예상을 훨씬 밑도는 것이었다. 둘이 함께 외출한 기억은 거의 없고, 아이가 생겼어도 남편은 주말엔 접대골프를 하러 나갈 뿐이었다.

남편은 입으로는 눈을 밖으로 돌려라고 말하지만, M씨는 가사와 육아에 쫓기고 쇼핑을 하거나 또 어디에 가거나 언제나 아이를 데리고 가야 하니 혼자 있는 시간이 없었다. M씨는 계속해서 다음과 같이 쓰고 있다.

평소에는 남편이 직장제일주의라도 좋아요. 그러나 휴일쯤은 가정을 돌봐 주었으면 해요. 가족과 더불어 흙투성이 땀투성이가 되어 주었으면 해요. 도와 주는 척하는 것만이라도 괜찮아요.

M씨는 자기의 상황을 적극적으로 타개하는 방법을 몰랐다. 그러나 알코올을 과음한다는 문제를 일으킴으로써 아무튼 남편의 부재를 고발하고, 자신의 위기를 호소한 셈이다. 이에 비해, 많은 쓸쓸한 아내들은 위기를 호소하지도 못한 채 어쩔 수 없다는 올가미 속에 갇혀 있는 것같이 생각된다.

어쩔 수 없다는 올가미란, 이혼을 생각하면서도 '하지만' 이라는 것에 묶여 현재의 생활을 계속하고 있는 것이다. '하지만' 이라는 내용의 대부분은 자녀에 관한 일이다. 막내가 고등학교에 들어가면, 고등학교를 졸업하면, 대학에 들어가면, 졸업하면, 결혼하면…… 이런 식으로 자기가 집을 뛰쳐나가는 시기를 미루어 나간다.

이런 사람은 남편이나 자식의 변신을 절실히 원하며 자기의 행동을 통제하려고 하면서도, 자신은 아무것도 하지 않으려는 수동적인 사람이라고 할 수 있다. 자신이 몸뚱이 하나만으로 살아가야 하는 것에 대한 두려움에 직면하여 손발이 움직이지 않게 되어 있는 것이다.

한편 남편들은, 아내가 남몰래 '하지만' 에 묶여 집을 뛰쳐나가는 자기 모습을 늘 떠올리면서도 한숨만 내쉬고 살아가고 있는 현실에 너무나 둔감하다고 할 수 있다.

그런데 요즘 섹스를 하지 않는 부부가 급증하고 있는 것 같다. 이러한 현실이 텔레비전 드라마로 되어 인기도 높았다고 한다.

앞에서 남편의 바람기를 소개한 부부도 출산 시기를 포함해서 6년 이상 섹스가 없었다. 아내는 섹스를 애정 확인의 한 형태라고 생각하고 있었다고 말한다. 특별히 가장 중요시하지는 않았지만 필요 없다고는 생각하지 않았다. 그러나 임신을 계기로 이 부부는 섹스를 하지 않게 되었다.

아내는 자기 쪽에서 섹스를 주도할 수는 없었지만, 남편이 왜 섹스를 하자고 말하지 않는지, 그것을 고민했다고 털어놓는다. 그녀는 최근 섹스를 하지 않는 부부에 대한 기사를 보고, 그것을 억지로 자기의 경우에 맞춰 납득하고 있는 모양이다. 그래도 단 한 번 자기 쪽에서 유혹한 적이 있는데, 거절당하여 몹시 마음의 상처를 받았고 그 이후는 일절 유혹하지 않았다고 한다.

그들의 얘기는 과연 특수한 경우일까. 의외로 흔히 있는 얘기인지 모른다. 원래 일본의 부부는 섹스를 하지 않는 것을 보통인 것처럼 생각한다. 그것은 아내란 성스런 존재여서 성역으로 남겨 두고 섹스는 집 밖에서 한다는 전통적인 성생활의 잔재이지만, 결혼하면 아내가 어머니로 되어 버리는 부부의 자세에서도 큰 영향을 받고 있을 것이다. 남자란 보살펴 주는 사람이어서 줄곧 가까이 하고 있는 여성에게서는 성욕의 발동이 억제되기 때문이다.

섹스를 하지 않는 부부가 새로운 부부의 형태라고 볼 수는 없다. 이전에도 있던 것이다. 다만 새로운 부분이 있다면, 은밀하게 숨겨져 온 것이 아내 측에서 "그래서는 안 되겠다"라는 소리가 밖으로 나왔다는 점이다. 그러나 그 결과, 반대로 섹스가 없어도 괜찮지 않은가 하는 것이 명확해졌다고도 생각된다.

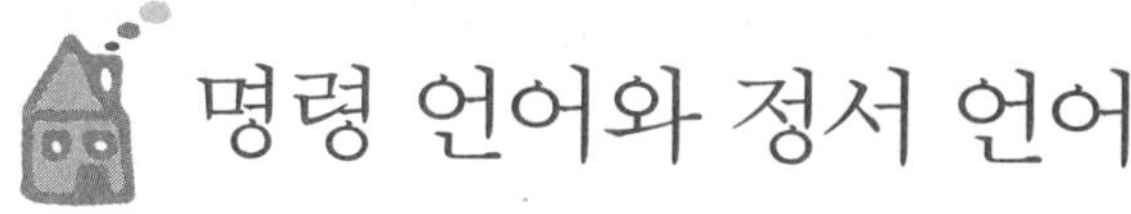

명령 언어와 정서 언어

아내와 남편의 인식 차이를 나타내고 있는 요소 중에 언어가 있다. 아내와 남편은 당연히 공통언어인 모국어를 쓰고 있지만, 그 차이점은 매우 큰 것 같다.

우선 남자들이 회사에서 쓰고 있는 용어라는 것은 사실 매우 편향되어 있다. 나는 이것을 명령 언어라고 부르고 있는데, 이 언어는 가정에선 통용되지 않는다는 것을 남자들은 모르고 있다. 그래서 아버지의 권위에 집착하는 사람일수록 가정에 돌아오면 갑자기 말수가 적어지거나 명령 언어가 되어 버린다. 이른바 "목욕, 밥, 자자 ……" 이다.

이 세 마디 말은, 말하자면 가정 내 명령 언어의 전형이다. 한편 아내들이 쓰고 있는 우뇌적인 언어, 직감이나 상대의 기분을 살펴서 하는 말, 이것을 나는 정서 언어라고 부르고 있다. 아이들이 어머니에게 말을 하는 것은 대체로 학교에서 좋은 일이 있었다든가,

누구누구의 집 개가 새끼를 낳았다든가 하는 수준의 얘기지만, 어머니는 그 내용을 듣고 있기보다는 아이들의 들뜬 감정에 맞장구쳐주고 싶어서 얘기를 하고 있는 것이다. 이것이 정서 언어이다.

대체로 어머니는 육아를 할 때 말을 아직 하지 못하는 갓난아기에게 여러 가지 얘기를 해준다. 이때는 "위험하다"든가 "~하지 말라"고 하는 명령 언어도 필요하지만, 대부분은 "오늘 날씨가 참 좋구나"라든가 "이 꽃 참 예쁘지"라든가 특별한 의미가 없는 얘기를 한다.

그러나 갓난아기는 이런 말을 듣고 자기는 어머니한테 받아들여지고 있다고 느낀다. 안심하는 감각인 것이다. 아내들은 이렇게 해서 정서 언어를 닦고 있는 셈이다.

그러나 남자들은 이것을 모른다. 회사에서 명령 언어만 사용하는 남자들은 가정에서의 정서 언어를 따라갈 수 없어, 아내와 아이들의 얘기에서 소외되어 버린다. 회사에서 익숙해져 명령 언어에서 가족 내의 정서 언어로 바꾸기가 어렵기 때문이다. 바꾸기가 어려운 것은 가정에서 사용하는 정서 언어를 우습게 여기고 있기 때문이다. 정서 언어 따위는 열등언어라고 생각하고 있는 것이다.

그러나 정서 언어를 조금이라도 쓸 수 없으면 남자들은 가족 내의 대화에서 점점 멀어져 간다. 소외되어 있다는 사실을 인식하는 사람은 그래도 괜찮다. 그런 인식을 가지고 가정이란 다른 언어 체계이므로 바꾸려고 생각하는 사람은 더 괜찮다.

하지만 그런 인식이 전혀 없고 아내와 자식들의 대화를 듣고서는 "무슨 시시한 이야기냐, 그게 어떻다는 거야" 따위로 말하는 아버지는 구제 불능 아버지가 되어 더욱더 따돌림을 받는다. 그러면 아버지는 아내나 자식들에게 불만이나 분노를 갖게 된다.

고등학교 교사인 아버지에게 살해된 아들에 대해서는 제3장에서 자세히 언급하지만, 그는 성관계를 맺은 여자와의 관계에 당황한 나머지 불안을 느껴 아버지에게 상담을 했다. 그때 아들로서는 그런 고민을 가슴속에 안고 어떻게 살아갈 수 있겠느냐는 정서 언어적인 얘기를 아버지에게서 듣고 싶었을 것이다.

이 아버지는 문학도 하고 있던 사람이어서 본래는 정서 언어를 아는 사람임에 분명하다. 그러나 아들과 말을 할 때는 아버지와 선생으로서의 명령 언어가 되어 버린다. 그러므로 "책을 읽어라. 후쿠자와 유키치(일본 메이지유신 때의 선각자)가 어떻게 한 줄 아느냐" 하는 식으로 설교를 해버린 모양이다. 그래서 아들에게 "당신 의견을 듣고 싶은 거야"라는 혹심한 말을 듣게 되었던 것이다. 결국 이 고등학교 교사는 아버지의 역할에 사로잡혀 있었던 셈이다. 아버지 역할도 교사 역할도 그것에 사로잡혀 있으면 명령 언어가 되어 버린다. 그러면 자식도 학생도 대화를 했다는 실감을 가지지 못하게 마련이다.

내 진찰실도 마찬가지이다. 정신과 의사로서 진찰실에 있으면 정서 언어를 원해서 오는 사람이 많다. 상황 설명은 곧 끝나지만, 들어주기를 원하는 것은 자기의 불안이라든가, 사별한 남편에 대한 애틋한 생각이라든가, 그런 정서 언어인 것이다.

그러나 정서 언어를 말하는 데는 시간이 걸린다거나, 여기도 직장이니 명령 언어로 해야겠다고 하면 서로 맞을 리가 없다. 그래서 용건은 모두 말했는데도, 어쩐지 의사가 이해해 주지 않았다는 불만을 환자들이 갖게 되는 것이다.

결국 이 두 가지 언어는 균형이 중요하다. 정서 언어만을 쓰면 일이 제대로 돌아가지 않는다. 그런 언어에만 익숙되어 있는 사람에게는 다소 명령 언어로, 무엇을 기대하고 있느냐, 무엇이 문제인가 하는 것 등을 분명히 할 필요가 있다.

회사 안에서 남자 상사와 여직원 간에도 이 두 가지 언어에 의한 의사 소통에 문제나 오해가 있는 것 같다. 남자 상사는, 여직원이 말하려는 것을 잘 이해하지 못한다. 어떻게 다루어야 좋을지 모른다.

그런가 하면 시시한 얘기가 조금 활기를 띨 경우, 어쩐지 정서 언어가 통한 듯한 기분이 들어 이상한 관계로 발전되기도 한다. 정서 언어와 성애(性愛)는 관계가 없는데도 그런 기분이 되어 버리는 것이다. 그런 희비극도 있다. 어쨌든 남자들은 두 가지의 언어 체계가 있다는 것을 우선 인식해야 할 것이다. 원래 정서 언어를 이해하는 사람이 명령 언어도 잘 구사할 수 있다. 그런 의미에서라도 남자의 육아에 대한 참여는 권할 만한 일이다. 이것은 결코 비약된 얘기가 아니라고 생각한다.

폭력 아내와 온순한 남편

'매맞는다' 라고 하면 으레 아내나 여자이고, 폭력남편에 피해를 보는 아내가 보통이었지만, 요즘은 매 맞는 남편이나 남자가 치료를 받으러 오기 시작하고 있다. 즉 남편에게 폭력을 휘두르는 아내의 경우가 늘어나고 있는 것이다.

그 한 예로, 어느 폭력 아내의 편지가 매우 흥미로워서 조금 소개해 보겠다. 이 사람 자신이 원래 폭력적인 환경에서 자란 모양이다. 자란 환경이 얼마만큼 그 사람의 인생에 짙은 그림자를 드리우는가를 동시에 새겨 주었으면 좋겠다.

그것은 대단히 끔찍한 편지이다. 그러나 그들은 극히 평범한 사회생활을 하고 있는 부부라는데 주목해야 한다.

쉬는 날에도 어머니는 아침에 2층에서 자고 있는 우리를 고함치며 깨웠다. 한 번에 일어나지 않으면 계단을 뛰어올라 와서는 무서운 기세로 문을 난폭하게 열었다.

그리고 '일어나라는 소리가 안 들리니! 언제까지 자빠져 자고 있을 셈이야, 일어나서 청소라도 해라. 이 놈이나 저 놈이나 이 집안에는 제대로 된 녀석이 없다니까' 하고 쇠소리로 호통을 쳐 댄다.

너무 무서워서 나는 언제나 한 번에 벌떡 일어났다. 어머니는 이웃 사람에게는 언니(나를 가리킴)는 아침마다 깨우면 한 번에 일어난다고 자랑하고 있었다. 내가 무서워서 겁을 집어먹고 있는데도 여동생은 태연히 자고 있는 것이다. 어릴 적부터 여동생과 어머니는 언제나 내 머리결이 더럽다, 윤기가 없다, 덜 감는다, 좀 더 잘 감으라고 말했다. 지금 생각하니 이것이 내 머리결의 성질이었던 것이다.

내가 부엌에서 물을 조금 튀겨도 신경질적으로 화를 내고, 요리를 하려고 냄비 있는 곳을 물어도 '몰라, 지금은 바쁘다' 라며 호통을 쳤다.

이상할 정도로 신경질적인 어머니는 틈만 있으면 '여기를 더럽힌 게 누구냐' 하며 마구 소리를 질러댔다. 언제나 나는 아버지와 같이 깔끔하지 못한 더러운 녀석이었다.

여기까지는 어머니에 관한 것이다.

나는 크면 절대로 아버지 어머니처럼 되지 않겠다고 항상 생각하고 있었다. 그러나 잘 생각해 보니, 초등학생 때부터 이미 여동생의 친구들에게 잔소리만 해대고, 특히 여동생에게는 주먹질도 했다. 남편은 내가 어머니를 화나게 했던 것 같은 행위를 태연히 매일 한다. 나는 몹시 신경질이 나서 미친 듯이 고함을 지른다. 그에 대해 남편이 반항적인 태도를 보이기만 하면 폭력을 써서 눌러 버린다.

이 아내는 매우 몸집이 작은 사람이다. 그녀의 편지는 계속된다.

남편은 왜 그렇게 화를 내느냐, 그토록 흥분해서 화를 낼 것까지 없잖은가, 그런 사소한 일로 이런 변을 당하다니 생각도 할 수 없는 일이라고 말한다. 나는 정말로 사소한 일에 과잉 반응을 보이고 만다. 남편의 코 고는 소리가 시끄럽다. 보통 사람이 코를 고는 소리와는 다르다. 숨을 내쉴 때는 코로부터가 아니고 볼을 잔뜩 부풀려서는 입으로 푸우 하고 내뿜는다.

여러 가지를 쓰고 있다. 또 이런 것도 있다.

잠자고 있을 때 자주 남편 발이 꿈틀꿈틀 움직인다. 침을 흘리고 코도 곧잘 후빈다. 언제나 입을 반쯤 벌리고 있으며, 식사중에는 쩝쩝 소리를 낸다. 늘상 코를 만지작거리고 있다. 화장실을 언제나 더럽힌다. 욕탕 속에는 털이 그대로 떠 있다. 가게에서 잔돈을 적게 줘도 아무 소리 않는다. 길을 몰라도 다른 사람에게 물어 보지 않는다.

그녀의 편지는 다시 이렇게 이어진다.

내가 무엇을 쓰고 있는 것일까. 시시한 내용을 계속 쓰고 있다니. 그러나 신경이 너무 쓰여 도리가 없다. 내가 옳을까. 다른 여자라도 이런 남편과 결혼하면 나처럼 되고, 나쁜 것은 남편인가. 너무나 고약한 버릇이 많고 믿음직하지 못한 남편이 나쁜걸까. 아니면 내가 이상하게 신경질인 탓이고, 남편은 흔히 있는 보통의 남자와 같을까. 무엇이 무엇인지 전혀 알 수 없다. '당신은 제일 형편없는 남자이고, 인간 쓰레기이니 죽어요' 하고 지독한 말이 잇달아 입에서 나온다. 머리를 발로 차기도 하고 배를 걷어차기도 한다. 이젠 누가 나쁜지, 누구 탓인지 판단을 할 수가 없어요. 결국 부모같이 되지 않으려던 나는 어머니와 아버지 두 사람을 합친 것 이상으로 지독한 여자가 되어 버렸다. 남편이 좋은지 어쩐지도 모르게 되어 버렸고, 그저 밉기만 합니다. 어떻게 하면 좋은지 스스로 판단을 할 수가 없는 것이다.

이 여성은 스물여덟 살로 대학 졸업자이다. 자기를 '매우 신경질적이고 비관적이며 폭력적이고 무지하다' 고 쓰고 있다. 남편은 대학을 나온 교사이며 스물아홉 살이다. 남편에 대해서는 '매우 칠칠치 못하고 둔감하며 무지하고 미덥지 못한다' 라고 쓰고 있다. 이 남편은 도망치려고 하지 않는다. 여동생도 대학을 졸업한 여사원으로 활동적이라고 쓰고 있다.

이 아내는 아버지가 폭력적인 사람이었던 모양이다. 도시 변두

리에서 토지를 임대하는 등 경제적으로는 풍족했지만, 집안에서는 그런 아버지를 부끄럽게 여겨 될 수 있는 대로 밖에 나가지 않도록 했다. 어머니는 매우 신경질적이고 여러 가지 병을 지니고 있지만, 매우 부지런하여 언제나 청소만 하고 있었다고 한다.

아무튼 이 집에는 폭력이 만연되어 있었다. 요컨대 그녀는 자기가 좋아하는 사람에게 폭력을 휘둘러 버리는 것이다. 속으로는 귀엽다고 여기면서도 여동생에게 늘상 주먹질을 해왔기 때문에, 지금은 여동생이 집에 오지도 않는다.

어릴 때부터 친구 두 사람도 그녀의 주먹질 버릇 때문에 곁을 떠나 버렸다. 그리고 결혼한 다음에는 배우자에게 폭력을 쓰고 있는 것이다. 그런데도 "남편이 살아 있지 않으면 나는 살 수가 없다. 그래서 남편이 직장에서 지쳐서 집에 돌아와서는 '머리가 아프다'라고 말하면 죽는 것은 아닌가 하고 걱정이 되어 견딜 수가 없다"고 말한다.

이 부인은 결혼해서 4년 이상 되지만, 자기 자신이 무서워 아이도 낳을 수가 없다고 한다. 자기 안에 있는 폭력성을 어떻게든 고치고 싶다며 나를 찾아온 것이다.

이 부인은 내 치료소의 그룹 안에 있을 땐 매우 얌전하다. 거의 자기 표현이라고는 하지 않는다. 대등한 관계 속에서 다른 사람에게 자기를 표현하고 그것이 받아들여진다거나, 함께 울어 주는 등의 경험을 전혀 갖고 있지 않다.

스물여덟 살이 된 사람이니 그런 점을 앞으로 어떻게 고쳐 나갈 것인가는 내가 할 일이지만, 당면한 일로 나는 '당신 안에 아버지가 존재하고 있으므로 그것을 쫓아내자' 라고 말해 주었다. 하지만 남편으로부터는 '당신의 화내는 모습은 어머니를 그대로 닮았다' 라는 말을 듣고 있는 모양이다.

이 남편은 매우 온순한 편이다. 그러나 온순하다는 것은 심상치 않은 것이다. 왜냐하면 '온순하다' 는 것은 상처받은 일이나 불만을 수용해 줄 것인가 아닌가가 그 기준이 되게 마련인데, 이것은 한계가 없는 것이기 때문이다. 온순한 남편이면 부인이 남편을 향해 여러 가지 불만을 털어놓을 기회가 늘어난다. 그러나 필경 이것은 해결되지 않는 불만이어서 하면 할수록 남편이 받아들이면 들일수록 불만은 더욱더 타오르는 것이다.

그렇기 때문에 온순한 사람과 결혼을 하면 나중에 이혼하는 경우가 많다. 남자의 경우는 아이로 되돌아가 거기에서 이것저것 문제를 일으킨다. 폭력 아내와 남편이건, 폭력 남편과 아내의 관계이건, 한쪽이 온순하다는 것 때문에 그런 관계는 더 조장되고 마는 것이다.

중년 이혼

중년 이혼의 경향이 커지고 있다. 이혼의 원인에도 변화가 엿보인다. 아내 쪽의 이혼신청 동기를 10년 전과 비교해 보면, 성격 차이라든가 성적 불만이나 정신적 학대가 두 배 가까이 늘었고, 이성 관계나 알코올, 집을 돌보지 않는다는 등 남편에게 분명히 문제가 있는 신청은 줄어들고 있다.

성격 차이라는 이유는 부부 생활의 질이 문제가 되는 시대가 아니면 이처럼 표면화되지 않는다. 결혼이라는 전통적인 생활방식을 취하면서도 자기라는 것을 소중히 여기고 — 그것을 자기애적(自己愛的)이라고도 할 수 있겠지만 — 자기의 불만이나 욕구를 중요시하려는 자세의 결과라고 생각된다.

중년 이혼을 한 어느 부부에 대한 소개를 해본다.

아내 K와 남편 T는 대학의 서클에서 사귀고 졸업한 뒤 결혼했다. K씨는 현재 쉰두 살이고 출판사의 편집자로서 일을 하고 있다.

남편인 T씨는 큰 전기 회사에 근무하고 있는데, 두 사람은 2년 전에 이혼한 상태이다. 딸 둘은 모두 취직하여 장녀는 결혼했고 차녀는 집을 나가 독립했다. K씨는 대학을 졸업한 뒤 출판사에 근무하고 있었지만, 차녀를 출산한 후인 24년 전에 퇴직하여 육아에 전념하게 되었다고 한다.

남편 T씨는 장녀의 경우엔 조금은 육아에 협력적이었지만, 차녀의 경우는 K씨가 퇴직했고 또 자기가 하는 일에 아주 바빠져서 전혀라고 해도 좋을 만큼 육아와 가사에 협력하지 않게 되었다. 매일 귀가 시간도 늦어졌고 일요일마다 접대 골프로 외출했다. K씨는 차츰 자기만 일을 뺏기고 가사와 육아를 떠맡아 쓸쓸히 뒤처지고 있다고 느끼게 되었다.

차녀가 초등학교에 들어가자 K씨는 편집자로서 아르바이트를 시작했다. 얼마 지나지 않아 일에 대한 감각도 되살아나고 익숙해지자 잡지의 인터뷰 기사를 쓰는 일을 맡게 되었다. K씨는 자기가 인정받을 수 있는 기회가 주어졌다며 힘이 솟구쳤다.

그런데 마침 그 시기에 남편 T씨의 전근 얘기가 나왔다. K씨가 서른여덟 살 때의 일이다. 잡지의 일은 도쿄에 있어야 할 수 있는 일이어서, K씨는 남편에게 혼자 부임할 것을 제안했다. 그러나 남편은 처음부터 그런 제안을 상대하지 않았다. 이 부부 사이는 전근을 둘러싼 옥신각신으로 크게 벌어지고 말았다.

결국 일가 4명이 동북 지방의 소도시로 이사하게 되었고 K씨의 일은 좌절되었다. 그녀에게는 자기 표현을 뺏긴 슬픔과 억울함만이 남았다. 그후 시어머니가 세상을 떠나, 치매에 걸린 시아버지

마저 보살피게 되었다. K씨에겐 그것은 거역할 수 없는 일이고 도리없는 일이었지만, 모든 것이 자기 한 사람에게만 떠맡겨진 것 같아 납득할 수 없다는 감정이 남았다. 여기까지 이르자 이전엔 동지와 같았던 남편과의 거리는 점점 멀어지는 기분이 되었다.

그후 시아버지도 죽고, 딸도 모든 것을 혼자서 해나갈 수 있게 되었다. K씨에겐 이전에 그토록 원했던 시간이 남아돌게 되었지만, 다시 한번 일을 해볼 자신감과 기력이 이젠 남아 있지 않았다. 때때로 대학 동창생으로 일을 계속하고 있는 친구나 출판사 시절의 동료를 만나면 기가 죽어 우울하게 되었다.

게다가 이것을 전후해서 불순했던 생리가 끝나고 현기증, 어깨 결림, 오한 등으로 고생하기에 이르렀다. 이 시기에 친정 어머니도 잃었다. 마흔일곱 살이 된 K씨는 까닭 모를 갖가지 상실감에 휩싸이게 되었다.

그런 상황에 변화를 가져온 것은 차녀의 발병이었다. 5년 전의 일이다. 고등학교에 들어간 무렵부터 차녀는 자기의 몸매에 신경을 쓰기 시작하여, 극단적인 다이어트를 한 끝에 아주 보기 흉할 정도로 야위고 말았다.

그것을 알고 K씨가 딸을 대학병원에 데리고 갔을 때에는 생리도 중지되어 있었다. 신경성 식욕부진증이라는 진단을 받고 내과에 입원시켜 치료를 받아 식사는 할 수 있었지만, 이번엔 과식증에 걸려 마구 먹고는 토해 버리게 되었다. 과식한 뒤에는 극도로 우울해져 자살을 입에 올리는 때도 있을 정도였다.

뿐만 아니라 부모, 특히 어머니를 비난하며 거친 욕을 하고, 때로는 손찌검을 하거나 물건을 집어던지기도 했다. 원래 양순한 아이라고 생각했기 때문에, K씨는 어찌할 바를 몰랐다.

그러나 차녀의 발병은 K씨 자신의 우울한 기분을 불식시키는 계기가 되었다. 딸의 병을 회복시키는데 헌신함으로써 갇혀 있던 기분에서 서서히 해방되기에 이른 것이다. 딸이 대학 병원에 입원할 때는 남편도 직장을 쉬고 협력해 주었으므로 K씨는 오랜만에 남편과의 일체감에 잠길 수도 있었다.

딸이 입원해 있는 동안 내과 의사로부터 정신과 의사를 소개받아 면접한 결과, 놀랍게도 정신과 의사는 K씨의 우울 상태야말로 치료를 요하는 병이라고 말했다. K씨가 자신의 문제를 해결하지 않는 한 딸의 병도 낫지 않는다고 진단한 것이다.

K씨는 그 말을 듣고 매우 놀라는 반면, 왠지 안심되었다고도 말한다. 결혼 이후 남편과의 사이에 쌓여 있던 불만이나 갈등에 당당히 맞설 필요가 있다고 생각하였기 때문이다.

그러나 남편 T씨는 달랐다. 딸의 발병에 아버지로서 관여할 필요는 인정하면서도 아내와의 사이에 어떤 문제가 있다고는 생각하지 않고, 인정하고 싶지도 않다는 것이었다.

결국 K씨는 혼자서 섭식 장애자의 부모들이 모이는 세미나에 참석하게 되었고, 그 과정에서 자기와 자식들, 특히 차녀와의 관계를 되돌아보게 되었다. 차녀가 태어나서 하던 일을 그만두었기 때문에, 사랑스러워하는 한편 자기의 좌절이 이 아이 탓이라는 생각이 어딘가에 있었다는 것을 생각해낸 것이다.

또한 차녀는 알레르기 체질이라 천식의 발작을 가끔 일으키기 때문에 몹시 신경이 쓰이는 아이이긴 했어도 K씨가 의기소침해 있을 때 같이 울어 주고 푸념을 들어준 것이 이 차녀였음을 새삼스레 확인하는 마음으로 되돌아 본 것이다.

K씨가 빠져 있던 우울 상태의 영향을 이 차녀가 한몸에 받았던 셈이다. 말하자면 차녀의 인생은 어머니에게 침범당하고 점령되어 있는 것이나 마찬가지 였다(상세한 것은 제3장 참조).

이런 상태가 된 차녀를 정성껏 돌보는 가운데 K씨는 새삼스럽게 아내로서 어머니로서의 생활에 언제나 불완전한 기분을 안고 살아온 자신을 깨닫고 반성해야 한다고 느꼈다. K씨는 지금까지처럼 언제나 불만을 지니고 산다는 것은 딸을 위해서도, 남편을 위해서도, 그리고 자기 자신을 위해서도 좋지 않다고 생각했다. 불안감은 매우 많았지만, 다시 시작한다면 기회는 지금밖에 없다고 생각한 것이다.

마침내 마흔아홉 살에 새출발을 했다. K씨는 남편에게 이혼하자고 했다. 당황한 남편의 만류가 완강했지만, K씨는 집을 나와 아는 사람이 하고 있는 편집 프로덕션에서 조금씩 일거리를 얻어 자활을 시작했다. 그리고 1년 후 정식으로 이혼했다. 현재 K씨는 이전의 우울했던 나날을 아득한 옛날일처럼 느끼며 살고 있다.

그럼 남편인 T씨는 어떠한가. T씨에게 아내란, 딸이란, 가족이란 도대체 무엇이었을까.

중년 부부가 당면하는 위기의 기반에는 중년이라는 라이프스타일 그 자체가 갖는 위기가 있다. 그것은 '살아갈 목표를 세울 수 없다' 라는 한 가지에 집약될 수 있다. 젊었을 때 자기를 지탱해 주고 있던 가치관의 체계가 무너지고 중년층에 적당한 새로운 목표를 설정할 필요가 있는데도 그것이 안 된다는 위기감이 그 토양에 있는 것이다.

K씨에게도 40대가 되면서 여러 가지의 변화, 상실의 체험이 있었다. 30대 전반까지 K씨와 남편을 지탱해 주고 있던 공통의 가치관, 공감, 열기라는 것은 서서히 없어지고 40대에 들어선 K씨에게는 남편과의 공통 목표는커녕 공통의 화제마저 없어지고 있었던 것이다. 이 시점에서 K씨는 자기중심적인 일벌레 남편과의 생활에 불만을 가득 안고 있는 자기 자신을 깨닫게 되었다.

원래 능력면에서 차이가 있을 리가 없던 동지적인 친구였고 공통의 목표를 설정하는 가운데 결합된 남녀이다. 그러나 이쯤 되자 자기가 아내라는 것, 집 안에만 틀어박혀 있다는 그 사실 자체에 심각한 의문이 생긴 것이다. "나는 남편을 위해 나를 희생해 왔지만, 과연 남편에게 나는 정말로 필요한 존재인가" 하고 K씨는 자기 자신에게 반문했던 것이다.

그와 같은 일은 자식들과의 관계에서도 일어나고 있었다. 한때 K씨는 딸들에게 더 이상 필요 없는 존재가 된 것처럼 여기고 있었다. 게다가 친정 어머니의 죽음, 폐경에 따르는 컨디션의 부조, 이런 모든 것이 K씨로부터 기력과 삶의 의욕을 앗아 가고 있는 셈이다.

한편으로는 남편과 결혼함으로써 잃어버린 자기가 매우 귀중했던 것처럼 여겨졌다. 직업인으로서의 경력, 결혼을 하지 않았더라면, 또는 남편의 전근에 따라가지 않았더라면 기다리고 있었을 다른 생활, 이런 것들이 이것저것 머릿속에 떠올라 어느덧 남편에 대한 원망을 지니면서도 그것을 표현하지 못한 채 우울증에 빠지게 된 것이다.

아내 K씨와 남편 T씨가 체험한 것과 같은 상황은 중년기에는 보편적인 일이다. 중년기에는 생활 형태가 고정되어 변화의 여지가 이젠 적어진 것처럼 느껴지게 마련이다. 그 때문에 상실의 체험을 통해 돌이킬 수가 없다는 생각이 극도의 불안을 초래한다.

이런 시기에는 사람에 따라서 과도한 알코올 의존이나 신경 쇠약, 피해망상, 우울 상태, 막대한 빚, 출근 거부 등의 비정상적인 행위가 시작된다. 특히 현대 사회는 젊음이 지나치게 중시되고 다른 한편에선 늙는 것에 가치가 부여되지 않는다.

50대를 지나면 세상은 이제 더 이상 자기를 원하지 않는다고 생각하게 된다. 자식 기르기에 전념해 온 여성도 가족이 더 이상 자기를 필요로 하지 않는다는 느낌이 든다. 그러면 자기가 살아온 길을 후회하면서 되돌아보게 되어 버린다.

요컨대 중년에서 초로로 향하는 시기는 '상승 한계에 부딪히는 시기' 인 셈인데, 실제로는 평균 연령까지 산다고 할 때 아직 족히 30년은 남아 있다.

많은 사람은 이런 일시적인 혼란을 거쳐 고령자로서의 자기를 인식하여, 그에 알맞는 목표를 새로 설정하게 된다. K씨는 이런 시기에 다시 한번 자기의 가능성에 도전하는 길을 택한 것이다. 그런 의미에서 K씨가 40대에 고통을 받은 욕구 불만이나 절망감은 인생 후반기의 생활을 쌓기 위한 태동이었다고 할 수 있다.

한편 남편 T씨는 자기의 일에 몰두할 환경이 주어져 있었기 때문에 아내가 안고 있는 상실의 불안감에도 둔감했다. 왜 이혼해야 하는가에 대한 인식은 애당초 대부분의 남편에겐 없고, 아내의 이혼 신청에 얼떨떨해지고 나서야 비로소 아내의 불만이나 불안에 생각이 미치게 된다.

이렇게 해서 이혼 후에 아내는 자기의 일을 얻어 생기가 넘치는데 반해, 많은 남편은 혼자 남겨진 비애를 씹으며 일에 대한 의욕도 잃고 앞으로의 인생이 매우 빈약하게 보이는 등 공허감에 사로잡히는 케이스가 많다.

3 때리는 남자들이 원하는 것

부모의 설계와 자녀들

현대적인 육아 문제의 근원은 자녀들이 신으로부터 점지받은 것이 아니라는 데 있다. 이것을 이해하지 않으면 여러 가지 사실이 보이지 않게 된다.

현대의 가족은 부모로부터 귀여움을 받고 교육 투자로 성장한 남녀가 함께 사는 것에서 시작된다. 남자는 남자대로, 여자는 여자대로 자기 인생의 정밀한 설계도 같은 것을 그리고 있는 경우가 많다.

특히 고학력으로 일정한 기술적 훈련을 받은 여성은 자기의 직업적인 경력을 완성해 가는 과정 속에서, 어쩐지 시시하다는 생각을 한다든가 또는 친구의 아이를 보고는 지금까지 만족하게 일해 왔는데 내게는 무엇이 부족한가 하며 초조해 한 나머지 자녀를 낳기도 한다.

그런 의미에서 자녀 낳기는 바야흐로 부모의 인생 전쟁에 중요한 전술이 되어 있다. 인생을 충실하기 위한 도구인 것이다. 하물며 그 때문에 남자와 함께 살게 된다면, 거기에서 태어나는 자식은 처음부터 중요한 사명을 띠고 나온 셈이 된다. 그것은 자기를 낳아준 여성에게 봉사하고 그 여성과 그녀의 파트너 사이에 다리를 놓으며 그녀를 만족시켜야 하기 때문이다.

무엇보다도 사랑스럽지 않으면 안 되고 데리고 다니는 데 모양새 착한 아이가 아니면 안 되며, 유치원이나 초등학교에 다닐 즈음에 그 나름의 신분에 맞는 똑똑한 아이가 되지 않으면 안 된다. 질이 좋은 육아, 브랜드 지향적인 육아인 것이다. 이런 환경 속에 오늘의 아이들은 성장하고 있다.

다시 말하면 부모가 그린 설계도에 따라 부모가 자유자재로 장기의 말을 움직이듯이 부모의 뜻대로 되는 아이들을 만든다. 여기에서 자식은 부모의 사유물이라는 의식이 무의식중에 존재한다. 이것이 현대의 육아인 것이다.

이것은 자식에겐 끔찍한 일이다. 자식은 부모의 인생을 풍부하게 만들어 주기 위한 벅찬 역할을 해야 하기 때문에, 부모의 인생도 포함해서 자기 자신이라는 것을 만들어 나가지 않으면 안 된다. 자기가 부모의 소망을 어느 정도 충족시키고 있는 자식인가 하는 것이 언제나 머릿속을 점령해 버린다.

쇼핑도 처음에는 품질 좋은 것을 자랑하는 것에서 시작하여 결국엔 브랜드 상품이 그 사람의 눈을 가리고 마는 것과 마찬가지로, 아이들도 어디에선가 부모의 브랜드지향적인 측면을 간파한다. '부모는 우리 그 자체를 사랑하고 있는 것이 아니다' 라고 느껴 버리는 것이다.

그래서 자기가 부모의 기대에 부응하지 못하게 되면, 부모를 볼 면목이 없다는 감정을 가진다. 이것을 나는 '미안하다는 의식의 망상' 이라고 부르고 있는데, 이것이 오늘날 자녀들에 관계되는 문제의 뿌리가 된다고 생각한다.

나에게 상담하러 오는 사람들의 고민은 한마디로 말하자면 "나는 인정받고 있는가?" 하는 것이다. 세상에 통용되는가 하는 점이다. 하여간 자기라는 것에 자신이 없다. 이것을 '자기를 과소평가한다' 고 한다. '자존심의 결여' 라고도 할 수 있다.

여기서 말하는 자존심은 '나는 이대로 세상에 수용될 가치가 있다' '나는 다른 사람들의 사랑을 받고 소중하게 여겨지는 것이 당연하다' 라는 신념을 말한다. 사람은 이런 종류의 신념을 지님으로써 비로소 이 세상을 살아가기 위한 여러 가지 능력을 발전시킬 수 있다. 그런 의미에서 이것은 '살아가는 힘' 이라고 할 수 있다.

나에게 상담하러 오는 사람들은 이 '살아가는 힘' 이 약하다고 할 수 있는데, 그것은 앞에서 말한 것같이 현재의 육아에 그 원인이 있다.

부드러운 폭력

—조건부 사랑과 침범

아이들이 갓 태어났을 때에는 자존심을 잔뜩 갖고 나온다. 주변 사람들을 모두 노예로 만들 만한 자존심을 갖고 있는 것이다. 그러던 것이 주뼛주뼛 자신이 없는 아이가 되어 가는 것은 누군가가 그 아이의 자존심을 빼앗기 때문인데, 그 사람이 누구냐 하면 바로 부모이다. 부모가 자식에게 가하는 무시나 학대, 예절 교육이라는 이름의 징벌 등은 자식에게서 살아가는 힘을 빼앗아 버린다.

그러나 그런 명백한 학대만이 자녀에게서 자존심을 빼앗고 있는 것은 아니다. 나에게 상담하러 오는 많은 사람은 극히 보통의 건전한 가족 속에서 자란 사람들이다. 오히려 경제적으로는 부유하거나 다른 사람의 부러움을 사는 이상적인 가족인 경우도 적지 않다.

그럼에도 불구하고 그들은 부모로부터 커다란 심적 외상을 입고 있다. 그리고 부모는 전혀 그에 대한 자각이 없다. 도대체 어떤 육아 방법이 자식에게 심적 외상을 입혀 버렸는가. 여기서 두 가지의 부드러운 폭력에 대해 살펴보기로 한다.

하나는 조건부 사랑이다.

'조건부 사랑'이란 "네가 말 잘 듣는 아이라면 사랑해 주겠다", "네가 귀엽고 착한 아이라면 사랑해 주겠다", "네가 좋은 성적을 올리면 사랑해 주겠다" "네가 나를 소중히 여기면 사랑해 주겠다. 그렇지 않으면 부모 자식 간의 인연을 끊는다" "네가 나를 존경하면 사랑해 주겠다"라고 하는 사랑이다.

자녀가 한둘뿐인 현대의 가정에서 보이는 매우 보편적인 학대가 되어 있다. 부모는 자식에게 기대를 빗발치듯 퍼붓고, 기대하는 시선으로 묶어 놓고 있다. 한편 자식은 부모의 기뻐하며 반짝이는 얼굴을 보고 싶은 일념으로 살고 있는 것이다. 특히 현대 부모의 기대는 모두 한 방향으로 향하고 있다. 좋은 성적을 올리는 것이다. 여기에서 가혹한 경쟁이 비롯된다. 경쟁에서 이기는 아이도 있고 지는 아이도 있게 마련이다. 진 아이는 부모의 기대를 저버리고 말았다고 해서 미안하다는 의식의 망상을 지니거나, 또는 조건부 사랑을 받을 수 없다고 해서 마음에 깊은 상처를 입게 된다.

물론 부모에게 조건부 사랑의 자각은 없을 것이다. 그러나 자녀는, 부모가 자기를 있는 그대로 보아 주지 않고, 제대로 이해해 주지 않는 것이 아닌가 하는 의심을 갖는다. 착한 아이의 부분만을 보아 준다고 생각하기 때문에 기를 쓰고 부모에게 착한 아이 노릇을 하려고 하는데, 그것은 대단히 숨막히는 일이다.

이런 아이는 결국 자기는 부모에게 인정받지 못하고 있고 정말로 사랑받고 있지 않으며, 그리고 사랑받지 못하는 것은 자기가 잘못 했기 때문이라며 자기 자신을 아주 과소평가해 버린다.

이렇듯이 부모의 인정을 받지 못했다고 깊은 상처를 입은 그후의 인생에서도 만나는 사람 모두에 대해 자기가 어떻게 평가되고 있는지, 자기는 세상의 인정을 받고 있는지, 자기는 존재할 가치가 없는 것은 아닌가 하는 생각에 줄곧 사로잡힌다.

또 하나는 침범하는 일이다.

'침범' 이란 글자 그대로 사춘기의 자녀가 만들려고 하는 자기만의 세계에 부모가 무신경하게도 파고들어 가는 행위이다.

보통으로 행해지고 있는 것이 사춘기 아들의 방에 척척 들어가는 일이다. 함부로 책상 서랍을 뒤지거나 또 둔감한 부모라면 멋대로 정리정돈해 버리거나 한다. 혹은 포르노 잡지 같은 것을 발견하면 여지없이 버리고 심하게 야단을 친다. 이것도 침범하는 부모이다.

이러한 침범을 당한 아들은 어이없다는 생각을 가진다. 이 감정은 앙심으로 마음속에 남기도 한다. 요령이 착한 아이는 그때 마음의 상처를 입으면 다음에는 상처를 입지 않도록 집 안에는 그런 잡지들을 두지 않고 점점 더 다른 장소에 자기의 세계를 만들어 간다. 그러나 친구 등 집 밖에 자기의 세계를 가지지 못하는 아이는 사실상 도망칠 곳이 막혀 버린다. 사랑과 폭력은 정말로 종이 한 장 차이이다. 자녀에게 관심을 가지고 착한 아이로 키우려고 생각하여 신경질이 되는 나머지 자식의 물건에 간섭하며 사랑이 폭력으로 변해 버린다. 자식들이 독립성을 갖게 될 때는 비밀이라는 것은 중요한데, 그것을 허용하지 않는다면 너무나 가엾은 일이다.

현명한 부모라면, 이것은 절대로 건드려서는 안 된다든가 아이가 필사적으로 감추고 있는 것을 들춰내는 것은 좋지 않다고 생각한다. 아이가 이제 제법 어른스럽게 컸다고 생각하고, 어른끼리는 그런 짓을 하지 않는 것이 불문율이라는 것을 이해한다.

그러나 이런 것을 모르는 둔감한 부모가 많다. 악의는 전혀 없지만, 자식의 입장에서 보면 부모는 언제나 서슴없이 자식 방에 침범해서 물건들을 들춰내고 감시하는 존재가 되어 있는 셈이다. 이것은 흔히 있는 얘기라고 생각된다.

한 가지 조금 특수한 소년의 예를 소개해 보겠다.

그 소년은 중학교 3학년으로, 한 친구와 함께 자기 집에서 동급생 소년에게 폭력을 휘두르고 학대한 끝에 죽였다. 이 소년은 매우 조숙해서 예컨대 젊은 여성인 국선 변호사에게 "그런 미니스커트 입는 게 아녜요. 너무 화려해요. 좀 더 변호사답게 하고 다녀요"라고 설교를 했다고 한다. 훌쩍 커버린 느낌이 든다. 대체로 보통의 남자란 여자를 설교의 상대나 섹스의 상대로 여기고 있다고 할 수 있겠지만, 이 소년은 열다섯이라는 나이에 이미 그런 태도를 보이고 있었던 것이다.

이 소년은 동급생을 죽일 때 자기 방뿐만 아니라 거실과 부모의 침실도 이용했는데, 이 집에는 경계가 없었다. 매우 충격적이고 인상적이었던 것은, 이 아이가 목욕탕에 들어갈 때는 어머니도 함께 들어갔다는 사실이다. 부모가 "우리 집은 모든 것을 어른과 함께하므로 부끄러워할 이유가 없다"라고 말한 모양이다. 그러나 정작 본인은 난처해서 몸이 굳었지만, "싫어!"라고 말하면 어머니가 서운해 할까 봐 참고 있었다고 한다.

이런 것이 침범하는 부모이다. 아들이 남자로서 성숙한 점을 인정하지 않고 벌거벗은 아들이 있는 곳에 벌거벗고 들어가는 어머니의 경우는 유럽이나 미국 같으면 완전히 근친간(近親姦)이다. 거기까지 가지는 않는다고 해도 아들의 수치심이라든가 당혹감이 어머니에게 전혀 보이지 않는다는 것은 어처구니없는 일이다.

그의 아버지는 알코올 의존증에다 빚만 잔뜩 지고 있어 부부간에 여러 가지 문제가 있었다. 아버지는 말다툼에 질 듯하면 폭력을 동원했다. 이럴 때면 어머니는 어른스런 아들에게 도움을 청했다. 아들은 어머니를 보호해 주는 든든한 후원자가 되었다. 그리고 어머니의 푸념도 들어주고 있었다.

이렇게 아들은 부모의 싸움에 말려 들어 갔다. 말하자면 아들의 인생 속으로 부모의 인생이 침범해 들어온 것이다. 어머니로부터는 한편으론 어른스런 남자 대접을 받고, 다른 한편으론 어른스런 남자로 인정하지 않는 대접을 받고 있었다. 그런 두 가지의 형태로 부모는 아들의 인생에 침범하는 것이다. 그러면 자식은 혼란에 빠진다.

이 소년은 자기의 남성다움을 증명하기 위해 약한 동급생을 차례로 자기의 힘 아래 굴복시켰으며, 그것도 단순한 폭력만이 아니고 정서적인 상처를 주는 방식으로 노예화시키고 있었다. 이런 결과 마침내 동급생을 죽이는 사건을 빚고 만 것이다.

이것은 분명히 특수한 예이다. 그러나 그런 침범의 형태는 보통의 가정에서 행해지고 있는 것과 상상 이상으로 거리가 있는 것은 아니다. 예컨대 아버지가 알코올 의존증이 아니라도 어머니가 일벌레인 남편에 대한 푸념이나 시어머니에게 불만을 별뜻 없이 한숨을 섞어 가면서 줄곧 자식에게 말하는 가정은 결코 적지 않다. 특히 어머니가 딸에게 이런 형태로 침범하는 예는 매우 많다. 거식증이나 과식증이 되는 딸들의 예를 이런 가정에서 많이 볼 수가 있다.

침범의 문제에서 곤란한 것은, 오늘날의 가정에서는 자식을 적게 두기 때문에 자식들의 행동이 부모들의 눈에 너무 잘 띈다는 점이다. "요즘 왜 기운이 없어. 무슨 일이 있냐"는 등, 부모가 자식의 동향에 지나치게 신경을 쓴다. 그러나 자녀가 많고 꼬마가 매달리거나 하고 있으면 잘 보이지 않는다.

그처럼 자녀는 부모의 눈에 잘 띄지 않는 편이 좋지만, 현재같이 자식이 한둘뿐이라면 부모는 줄곧 자식을 보고 있는 것이다. 자식으로서는 부모의 눈에 띄지 않는 비밀 장소를 가족 공간 안에 만들지 않으면 안 되는데, 슬프게도 지금의 아파트 생활에서는 그런 곳을 가지기가 어렵다.

그래서 부모는 '걱정이 되어서'라는 명분 아래 간섭을 한다. 연애 편지를 받거나 하면 압수하고 이것저것 물으며, 급기야는 방에 들어가 뭔가 단서가 될 만한 것은 없을까 하고 마구 뒤진다. 이것이 바로 침범인 것이다.

침범에 관계 있는 것이어서 조금 더 언급하겠다. 오늘날 가정에서 부모와 자식 간에 탁 터놓고 성(性)에 관한 애기를 할 수 있는 가족이 개방적이고 좋은 가족이라는 오해가 항간에 있는 것 같다.

그러나 성에 관해 탁 터놓고 애기하는 것이 좋다는 것은 거짓말이다. 아이들을 혼란시키는 얘기이다. 학교에서 성교육을 하는 것은 같은 세대의 아이들이 대상이기 때문에 괜찮다. 그러나 어머니가 자기의 성적 능력이 어떻게 변해 왔는가 따위의 애기를 자식들에게 밝히는 것이 이상적이라고는 전혀 생각하지 않는다.

대체로 자기 몸의 변화에는 자기가 책임을 지게 되어있다. 맨 처음엔 부끄럽다는 생각을 하지만, 곧 "이게 어떻게 된 거야" 하며 고개를 갸우뚱한다. 그것으로 좋은 것이다.

어른은 아이들의 풋내나는 성 문제에 전혀 관여하지 않은 채 가만 놔두고, 아이들은 차츰 친구들끼리 정보를 교환하면서 부모에게는 마치 성에 대해선 아무런 관심이 없는 듯이 행동하다가, 어느 날 돌연 부모를 버리고 나가 버린다. 이것이 건전한 것이다.

물론 그전에 조짐을 보이는 행동은 여러 가지 있다. 전화 횟수가 부쩍 늘어나거나 연애 편지가 오기도 한다. 그러나 우선 그전에 아이들은 이성에 대해서가 아니라 동성에 대해 친구라기보다는 분신과 같이 사귄다.

이런 것을 통해 자기의 세계를 만들어 부모와의 애착 관계를 줄여 나간다. 말이 좀 앞서지만, 부모와는 어떻게 되어도 좋다는 식이 되는 것이다. 연인과 같은 사람이 있으면 물론이지만, 그렇지 않더라도 동성 친구와의 우정이라든가 서클에서의 동료라든가, 그런 것들이 훨씬 더 중요하게 된다. 이것이 건전한 성장이다.

사춘기 여자 아이들은 진지하게 자신의 몸에 관심을 갖는다. 여자 아이들의 경우는 살이 빠진다거나 살이 찐다는 의미로 몸 전체에 미치지만, 남자 아이들의 경우는 자위 행위나 사정이라는 부분적인 것에 한정된다. 이 시기에 음담패설을 열심히 하는 것은 남자 아이들이 불안하기 때문인데, 그런 것을 할 수 있는 아이는 문제가 없는 것이다.

그런데 사정 같은 것을 정말로 부끄럽게 생각해 이런 몸의 변화를 친구와 공유하지 못하는 아이들도 더러 있다. 이런 아이들이 자위 행위의 불안이나 문제를 안는다. 특히 많은 문제는 정액이 묻은 데 대한 신경질적인 반응으로, 강박관념에 쫓기면서 손을 마구 씻어댄다. 그것은 정액이나 일반적인 성적인 감정을 씻고 있는 셈인데, 이것이 두문불출의 첫째 이유가 되는 경우가 많다. 그런 아이들이 절망하고 물건을 부수며 부모를 때리게 되는 것이다.

자식의 성에 관한 문제에 부모가 대처하는 방법에 대해 조금 더 계속하기로 한다.

유아기의 자위 행위에 대해서 말한다면, 집 안에 긴장 관계가 존재하는 경우 많다고 할 수 있다. 예컨대 부모가 불화로 이혼할 것 같다든가, 고부간에 긴장이 있다든가 그런 수라장 속에서 나온다. 즉 성기의 자극이 주는 도취감으로 현실에서 도피하려 하고 있는 것이다. 그러므로 이것은 이상한 일도 아니고 때때로 있는 일이니, 부모는 이것을 보았을 경우에 성기를 잡아매거나 야단쳐서는 안 된다. 그만두게 하려고 할 필요도 없다. 또 사춘기에 들어간 뒤의 자위 행위에 대해서는 오히려 당연하다는 정도로 생각하면 좋다.

불필요하게 그 사실을 캐거나 간섭해서는 안 된다. 자위 행위는 아이들로 하여금 부모에 대한 비밀을 만들게 하고, 그것은 부모에게서 떨어져 나가는 데 도움이 되는 효과가 있는 것이다.

사춘기가 되면 이성과의 교제로 성의 문제가 나온다. 나에게도 고등학생인 딸의 성문제에 대해 걱정하는 부모들이 가끔 상담하러 온다. 이런 예가 있다.

그 딸은 심야의 아르바이트를 시작해 친구들과 24시간 영업을 하는 가게에서 밤을 새우기도 했는데, 어느새 이 그룹에서 떨어져 나가 음식점의 종업원과 친하게 되어, 밤중에 집을 빠져나가 그를 만나러 가게 되었다. 부모는 저지하면 영영 집을 나가 버리지나 않을까 하는 불안 때문에 딸의 행동을 막을 수가 없었다. 특히 어머니는 안절부절못해, 딸이 남자를 만나러 가는데 자동차를 태워 주라는 남편의 말을 듣고 손수 운전해 데려다 주기도 했다.

부모가 걱정하고 있은 것은, 고등학생인 딸이 도대체 섹스를 하고 있는가, 임신하는 것은 아닌가 하는 한 가지 점이었다. "어떻습니까?" 하고 내가 어머니에게 물어 보니, 딸에게 섹스를 하고 있는가 따위를 물어 봐도 되느냐며 완전히 자신을 잃고 있었다. 부모는 그런 것은 분명히 물어 봐서 아이만은 생기지 않도록 하라고 단단히 일러주어야 하는 것이다.

결국 딸과 어머니 두 사람을 함께 면접하기로 했는데, 우선 지금의 교제를 전제로 생각하지 않으면 안 된다고 말했다. 성적으로 이른바 규범에서 벗어난 딸이나 아들에 대해 부모의 가치 기준으로 무슨 말을 해도 소용이 없다. 눈 딱 감고 그렇다면 어떻게 할 셈이냐며 문제를 표면화시키는 편이 좋다. 나는 그 딸에게 일주일 동안 그 남자와 함께 있을 것을 제안했다. 1주일 동안 함께 있으면 그가 어떤 식으로 기분을 표출하는 사람인가, 자기를 정말로 소중히 여겨 줄 것인가, 주먹질하는 사람인가를 알 수 있기 때문이다. 주먹질하는 사람이면 틀린 것이라고 말해 주었다.

가장 다행스러웠던 것은 문제가 완전히 분명해졌다는 것이다. 부모는 주뼛주뼛 딸에게 머뭇거려서는 안 된다. 만일 진정으로 딸을 사랑한다면 딸의 삶을 본격적으로 생각해야 할 것이다. 나는 이렇게 바란다라고 분명하게 말하는 편이 좋다. 그렇다고 해도 그것은 지도하는 입장이기보다는 어디까지나 조언자의 역할이라고 할 수 있다.

이것은 의외로 어려운 일이지만, 부모는 좋은 조언자로서 여러 가지 지식이나 정보를 제공하는 것이 좋다. 예컨대 피임의 지식이나 임신했을 경우의 지식, 고등학교를 중퇴하게 되면 통신고등학교가 있다는 등과 같은 정보이다.

또 하나 자식으로부터 성에 관한 고민을 상담받은 경우이다. 아들을 죽이게 된 고등학교 교사였던 아버지도 아들로부터 성에 관한 상담을 받았는데, 될 수 있으면 이런 상황은 없는 편이 낫다고 생각하고 있었다. 왜냐하면 부모에게 상담한다는 것은 같은 또래 친구끼리 이런 얘기를 할 수 없다는 것이고, 더구나 연인과 친밀한 관계를 가지고 있지 않다는 반증이기 때문이다. 문제의 아버지는 책을 읽어라고 한 모양인데, 왜 친구와 얘기해보라고 말하지 못했는지 알 수 없는 일이다.

원래 성행위는 남녀가 서로 인정하는 행위이다. 이런 기초 없이 성행위를 생각하면 포르노와 같은 것이 되어 버린다. 성행위는 어디까지나 친밀하고 대등한 양자 관계이다. 이 점을 자식에게 가르쳐 줄 필요가 있다. 성행위를 하는 두 사람은 도취감에서 각각 자기가 갖고 있는 경계선을 깨고 육체적인 경계 침범을 서로 허용한다. 독립된 개인으로서는 위험한 상태에 빠지는 것이 당연하고, 그러기에 인간관계 가운데서도 특이하고 중요한 것이라고 여겨져 있는 것이다.

자기를 높게 평가하는 사람의 경우, 유연하면서도 윤곽이 분명한 자기 경계를 지니고 있다. 그것을 상대에게 열어 주는 행위 그 자체가 자기 주장이고, 다른 사람을 인정하는 것이 되기도 한다. 자기를 주장하고 상대를 받아들이는 균형이 제대로 잡혀 있느냐고 부모가 물어도 좋다. 그것이 되어 있지 않으면 성관계를 갖지 말라고 분명히 말해 줘야 한다.

모성화의 비극

— 야구 방망이로 아들을 죽인 사건

1996년 가을, 아버지가 중학생 아들을 야구 방망이로 때려 숨지게 한 사건이 있었다. 이 아버지는 도대체 어디서 잘못되어 버린 것일까.

원래 신경질적이어서 집단 생활에 그다지 적응하지 못했던 이 아들은 중학 1학년 가을, 처음에는 어머니를 폭력하더니 다음에는 누나에게도 피해를 주었다. 1년 뒤 어머니와 누나는 집을 나가 별거하게 되고, 아침에 깨워 주던 어머니가 없어진 중학 2학년 2학기 이후 아들은 학교엔 1주일에 한 번 정도밖에 가지 않게 되었다.

한때 회복 기미가 보였다고 해서 어머니와 누나는 일단 집으로 돌아왔지만, 사건이 일어나기 약 반년 전에 다시 아들의 폭력은 심해지고 어머니와 누나는 또 집을 나가 버렸다. 이때 아버지는 이제

부턴 자기가 아들을 상대하고 뒷바라지를 모두 맡겠다고 결심한 모양이다. 여기에 우선 커다란 잘못이 있다.

아버지는 식사를 비롯한 일상생활의 모든 것을 돌봐 주고 있었다. 즉 어머니 대신 아들에게 바짝 달라붙어 있던 것이다. 이 아버지는 어머니의 역할이 중요하다고 생각했다. 부모라는 것은 어머니와 같은 역할, 즉 돌봐 주는 존재라고 생각한 것이다. 애정이란 시중들어 주는 것이라고 오해하고 있었다.

이것은 최근에 두드러진 아버지의 '모성화' 바로 그것이라고 말할 수 있는데, 그런 헌신적인 뒷바라지는 필요 없는 것이다. 이것은 절대로 해서는 안 되는 일이다. 아이라고 해도 이미 중학 3학년이 아닌가. 아버지가 할 일은, 어머니로서의 긍지를 뺏기고 어머니 역할에서 밀려나 버린 아내를 지키는 것이었다. 그리고 아들에 대해서는 "어머니를 폭행하다니 될 말이냐. 어머니는 더 이상 너를 보살펴 줄 수가 없다. 그러므로 내가 보살펴 주마. 하는 일은 식사 준비다. 너도 도와라" 하고 분명히 말해야 했다.

아들이 욕을 하며 주먹을 휘두른다면 맞붙을 수도 있다. 그러다가 지면 자기도 집을 떠나는 것이다. 그리고 아내와 둘이서 아들이 왜 이 지경이 되어 버렸는지를 그야말로 안이한 설명이 아니고 철저하게 생각했어야 했다.

이 아버지는 아들이 보내오는 부정적인 사인을 모두 자기의 노력이 부족하기 때문이라고 생각한 측면이 있다. 아들이 전자 기타에 관심을 가지자 자기도 기타를 시작하여 함께 기타 학원에 다니거나 콘서트에 가기도 했다. 또 농구 연습의 상대도 해주었다. 이것도 큰 잘못인 것이다.

이 아들은 마침 아이들이 자기의 세계를 만드는 시기에 있었다. 부모와 거리를 둘 필요성을 느끼고 있는 시기였다고 할 수 있다. 그러나 이 아버지는 열심히 아들의 욕구 불만에 부응하려고 점점 더 아들의 마음을 침범해 버렸던 것이다.

자기의 비밀을 지키려 하고 있는 아들로서는 차례차례로 그 공간을 뺏겨 버리는 셈이 된다. 무엇이든지 지나친 것은 좋지 않은 법이다. 흔히 아버지의 부재라고들 하는데, '있다'는 것은 좋지만 과잉은 부재보다 나쁘다. 사춘기의 아이들에겐 아버지란 이따금 집에 돌아오는 수수께끼 같은 존재가 가장 좋은 것이다.

나에게 상담하러 온 은행원 아버지의 예인데, 아들은 중학교 입학 시험을 보아 사립 중학교에 다니기 시작했다. 통학에 1시간이 걸리지만 다니기 시작하고 얼마 되지 않아 전철이 흔들려 기분이 나쁘다고 말했다.

그 아들은 초등학교 때 진학 학원에 다녀 좋은 성적으로 사립 중학교에 합격했고 본인도 만족하고 있었다. 그랬는데 곧 기분이 나쁘고 구토증이 난다며 학교를 쉬기 시작한 것이다. 그러자 아버지는 중학교 가까이에 아파트를 빌려 자기도 시내에 있는 직장에서 가깝다며 둘이서 살게 되었다. 이것은 최악이다. 아들은 도망칠 곳이 없어져 버렸기 때문이다. 학교에 가지 않을 수 없게 된 것이다. 아무튼 아파트는 학교 바로 옆이니 더 말할 것이 없다. 원래 이 아들은 학급에서 잘 적응하지 못하고 있어 그로서는 매우 높은 벽을 안고 있는 셈이다.

그는 그런 것을 통학 거리가 길다든가 환경이 나쁜 전철 때문에 구토증이 난다든가 갖가지 이유를 내세워 그럭저럭 피하고 있었던 것이다. 그런 사실을 노출시켜서는 안 되는 것이다. 그렇게까지 통학하기 쉬운 환경을 만들어 주지 않았어야 했다.

살해된 중학 3학년생인 아들이 학교에 가지 않게 된 정확한 이유는 모르겠지만, 그럴만한 상황이 분명 있었을 것이다. 부부가 다 같이 아들이 도망칠 곳을 막아 버렸던 것이 아닐까. 아이가 배가 아프다든가 눈이 침침하다고 말하면 서둘러 내과나 안과에 가도록 하는 조금 어리석은 부모 노릇을 한 편이 훨씬 낫지 않았을까.

아들을 죽인 아버지는 열심히 아들의 마음을 열려고 했다는 등 잡지에서는 쓰고 있었지만, 사춘기의 아이들 마음은 열려 버리면 곤란한 것이다. 아이들이 도망칠 곳을 모두 막는다는 것은 너무 잔혹한 일이다.

그런데 사건의 아버지는 왜 아들을 죽여 하는 지경이 되었을까.

아버지는 아들을 죽이기까지는 한결같이 신체적인 대립이라는 것을 회피했다. 보도에 의하면, 카운슬러로부터 "폭력에 대항해서는 안 된다"라는 지도를 받아 철저하게 무저항주의로 일관했다고 한다. 그 결과 아버지는 아들의 폭력을 제압하는데 실패한 것이다.

원래 사내들이란 힘이 효과를 보는 것에 흥분하고 집착한다. 두들겨 패거나 걷어차거나 밀어붙이는 것으로 자기를 시험해 보려고 하는 법이다. 그런 것을 하고 있으면 몸 속에 테스토스테론이라는 남성 호르몬이 나와 폭력이 점점 과격해진다.

사춘기란 항상 어디에선가 힘의 위력을 시험해보고 싶어 하는 시기인데, 근육의 힘 이외의 것으로 발산하는 방법을 일찌감치 발견토록 하는 것이 필요하다. 친구들 사이에서 폭력을 쓰면 언제나 친구들의 따돌림을 받는다. 부모도 이른 시기에 직접 폭력의 충동을 억제하는데 협력하지 않으면 안 된다.

그리고 또 하나 말해 두고 싶은 것은, 폭행을 당하고 그냥 가만히 있는 것 자체가 자녀에게는 폭력이 된다는 점이다. 하나의 부드러운 폭력에 해당된다. 왜냐하면 자식으로서는 아버지를 폭행한다는 것은 엄청난 일이어서, 소중하게 간직하고 싶은 아버지의 이미지를 자기 자신이 깨뜨려 버리는 것이 된다. 그런 짓을 하게 해서는 안 된다.

아들이 원하고 있은 것은 글자 그대로 아버지와 직접 부딪쳐 보는 것이었다. 그렇게 함으로써 아들이 하고 있는 행위에 아버지가 한계설정 해주기를 바랐던 것이다. 그 따위 짓은 용납할 수 없다고 부모가 선언해야 마땅하다. "네가 자식으로 인정받으려면 이런 조건을 지켜라"하고 엄하게 말해 주는 것이 옳다.

그렇게 규제하는 부모가 필요했던 것이다.

아들은 어디까지 가면 부모가 한계설정해 줄 것인가를 시험하고 있었던 셈이다. 폭력의 정도가 점점 심해져 갔다. 폭력으로 한계설정을 원하고 있었던 것이다.

자식의 폭력에 대한 부모의 태도는 단 한 가지이다. 어머니처럼 상냥하게 대하는 것이 아니라 바로 대결하는 것이다. 육체적인 충돌을 포함한 대결이다. 사건의 아버지는 그것을 회피함으로써 아들을 무리한 요구를 끝없이 끌어내고 있던 것이다.

그런데 신체적인 대결이라고 해도 그것을 줄곧 하는 것은 좋지 않다. 한번 육체적 충돌이 있으면 얼른 떨어지지 않으면 안 된다. 그리고 일정한 때가 되면 다시 붙는다. 그런 것을 되풀이하는 것이다. 흉기가 나올 위기 상황에까지 이르면 두말 없이 달아나 버릴 수밖에 없다.

도망친다는 것은 앞에서도 말했듯이 부모가 생활의 터전을 밖에 만들어 자식과 거리를 둔다는 의미이다. 사건의 아버지는 도망친다는 건 생각할 수 없을 만큼 궁지에 몰렸다고 증언하고 있는 모양인데, 그것은 전문가가 충고해 줘야 할 일이었다.

제3자인 전문가는 부모에게 집을 나가라고 말할 수 있는, 그런 후에 부모와 자식 간에 교류할 수 있는 곳을 고려하고 어디에서 만나자는 제안을 할 수 있어야 한다. 그리고 피해자인 부모의 심적 외상 문제를 단단히 생각해 줄 수 있어야 한다.

사건 전날, 아들은 아버지에게 지정된 브랜드의 T셔츠를 백화점에 사러 가게 하고, 다음엔 비디오를 빌리러 가게 했다. 그리고 돌아온 아버지의 턱을 느닷없이 청소기의 호스로 때리더니, "이런 색깔은 싫어!"하고 고함을 쳤던 모양이다.

왜 그토록 비참한 사태가 되었을까.

열쇠는 이 아들의 미안하다는 의식의 망상과 그것을 이끄는 기력 있고 강한 아이 소망에 있었다고 생각한다. 남자 아이들의 기력있고 강한 아이는 여자 아이들의 귀엽고 착한 아이에 대응하는, 아이들의 이상형이다. 원래는 부모들의 기대에 부응하는 것이며, 부모들이 기뻐하는 모습을 보고 싶은 자식의 마음이 깃든 이상형이다.

여자 아이들에게 바라는 귀엽고 착한 아이라는 것도 앞에서 영혼의 족쇄라는 말을 쓴 것처럼 가혹한 것이지만, 기력있고 강한 아이라는 것도 남자 아이들에게는 매우 큰 부담을 준다. 집 안에서 혼자 놀기를 좋아하는 남자 아이, 여러 가지 원인으로 밖에서 친구들과 어울리지 못하는 남자 아이들은 부모들에게 실망을 주고 그로 인해 조그마한 가슴을 아파하는 것이다. 야구 방망이로 맞아 죽은 아들도 이런 타입의 남자 아이였던 것 같다.

부모의 기대에 못 미친다고 생각하고 있는 아이들은 분발하나, 좌절하고, 죄책감이 더욱 쌓이는 악순환을 거듭하는 가운데 자기 부정과 절망의 늪 속으로 빠져 버린다. 이럴 때 그들을 구제하는 것은 "내가 원해서 태어난 건 아니다" "부모는 왜 나를 낳았나" "부모 탓에 이렇게 되어 버린 거야"라는 생각이다. 이렇게 해서 죄책감은 분노와 공격의 감정으로 변한다. 말하자면 부모에 대한 죄책감과 분노는 마치 동전의 앞뒤와 같은 관계인 것이다.

이러한 아이들의 분노에 직면한 부모들은 쩔쩔매면서 그 원인을 생각하는데 많은 경우 오해한다. 기력있고 강한 아이이기를 바란 그 자체에 원인이 있다고는 생각지 못하기 때문에, '이 녀석은 제멋대로이다' '성격이 틀려먹었다' 또는 '미쳤다' 라고 단정한다.

자식은 이렇게 생각하는 부모에게 화를 내며 더욱 거칠어져서 또 하나의 악순환이 시작되지만, 이 경우에는 결말이 빨리 난다. 부모가 미친 자식을 정신 병원에 집어넣든가 자녀를 놔두고 달아나 버리던가 해버리기 때문이다. 이런 경우 가정 내 폭력이라는 문제는 일찌감치 공개되어 제3자의 개입이 용이해지는 것이다.

다른 타입의 부모는 자신을 책망한다. 자녀의 주장을 그대로 받아들여 자신을 책망하고, 부모로서의 자존심을 잃어버린다. 그와 같은 침울한 부모의 얼굴을 보면 자식의 죄책감은 더욱 자극되고, 그에 따라 자식의 분노와 공격심이 거세지는 또 하나의 악순환이 시작된다. 이 경우에는 자식의 죄책감이 부모의 죄책감을 끌어내 두 죄책감이 악순환하면서 증폭한다. 그리고 결국엔 폭발해서 끝나 버린다. 이 시점에서는 부모 쪽이 "이 녀석이 나쁘다"라고 생각하게 된다. 여기까지 오면 부모의 분노는 살의를 느낄 만큼 높아져 있기 때문에 위험한 수준이 된다.

비참한 사건의 가해자가 되어 버린 아버지는 자신을 책망하는 타입의 부모였던 것 같다. 이런 타입의 사람이 비참한 사건에 말려들기 쉬운데, 여기서 또 한 가지를 명심할 것이다.

이 아버지는 자기 나름의 자식 교육 방침을 가지고 있어 온몸을 던져 '병든 아들' 과 맞선다는 '야심' 을 지니고 있었던 것은 아닌가 하는 점이다. 그것은 그의 나르시시즘이다. 사람은 이런 종류의 나르시시즘의 근원, 즉 살아가는 의미를 파괴당하면 방심하게 마련이다. 이런 방심 속에서 이 살인 사건이 일어났는지도 모른다.

이런 종류의 방심 상태가 사랑하는 사람에게 살인을 저지르게 하는 예가 적지 않다. 예컨대 학대받는 아내에 의한 남편 살해라든가 섹스 파트너 살해 사건 등이 그것이다.

사람의 마음은 날마다 시달리는 직접적인 폭력에 견뎌 낼 수는 없다. 매일 계속되는 욕지거리와 폭행이 사랑받고 싶은 사람으로부터 가해지는 것일수록 더욱 피학대자의 인격은 파괴되고, 그것이 어느 한도를 넘으면 — 그것을 알아차리는 사람은 아무도 없다. 본인도 자각하지 못한다 — 감정 마비와 인격 변화가 일어난다. 희로애락을 상실한 얼굴처럼 움직이지 않는 표정과 정신 활동이 활발하지 못한 것이 특징인데, 이 멍청하게 보이는 모습이 학대자의 폭력을 유발하기도 한다. 그리고 어느새 한계가 무너져 살인과 같은 대참사를 낳는 것이다.

학대받고 있던 사람(피학대자)이 어떤 계기로 학대자를 죽이는 일은 결코 드물지 않다. 미국에서는 피학대 여성에 의한 남편이나 동거인 살인 사건이 숱하게 보고되어 있다.

이런 종류의 살인 사건의 가해자는 자기가 저지른 일은 기억하고 있어도, 왜 그런 행위를 했는가에 대해서는 설명하지 못한다. 피학 대자는 평소 자기에게 느끼고 있는 착한 사람과는 전혀 다른 부분이 행위의 주체가 되기 때문이다. 그런 점에서는 건망증을 동반하지 않는 인격 해체라고나 할 수 있을지 모른다. 알기 쉽게 말하면 일과성의 '불완전한 다중인격' 이다.

이런 이해하기 어려운 것을 경찰관이나 재판관에게 말해 봤자 통할 리가 없다. 변호사도 믿지 않을 것이다. 하물며 가해자는 왜 그런 짓을 했는지를 설명할 수가 없는 것이다. 그런 까닭에 이런 사건의 가해자는 자기 변호의 기회조차 상실한 채 살인범으로 처단된다. 일상적인 학대의 피해자는 기껏해야 정상 참작의 대상이 될 정도일 뿐이다. 이런 사태를 우려해서 미국에서는 학대받는 여성이 살인범이 되었을 때 그들을 돕는 캠페인이 시작되고 있다.

그래서 앞에서 말한 사건은 등교 거부를 문제로 삼는 학교 카운슬러의 수준을 넘은 데에서 일어난 것이라고 할 수 있다. 이것을 어디까지나 등교 거부→두문불출이라는 흐림에서 이해하려고 한 점에 이 아버지의 상담을 받은 의료 기관이나 카운슬러의 잘못이 있다.

부모의 상담에 응한 카운슬러는 폭력을 만성적으로, 또한 심하게 피해를 보고 있는 사람의 심리상태에는 무지했던 것 같다. 학대받는 아이와, 학대받는 부모에 관해 모르는 것이다. 이것은 심적 외상의 문제이지만, 정신 의료계가 무관심했던 영역이어서 모르는 사람은 정말로 모른다. 부모가 폭력에 제압되어 버린 시점에서 국면은 바뀌어 버린 것이다. 단순한 등교 거부나 환경 적응의 문제가 아니고, 폭력에 어떻게 대응할 것인가 하는 위기 관리의 문제였던 것이다.

전문가를 만나러 다닌다는 것을 자식에게 털어놓는 것이 좋다. 그리고 전문가의 입회 아래 자녀와 만나는 것이다. 당장 직접 만나는 것이 불가능한 상태라면, 숙부나 숙모 또는 이웃 사람으로 하여금 만나게 하고, 그때 돈을 건네준다는 등의 방법을 머리를 쓴다. 이 시점에서 이 집의 폭력 문제는 이웃이나 친척에게 공개된다. 아무튼 연락할 창구를 제대로 준비해 둘 필요가 있다. 아이는 아버지나 어머니를 쫓아내 버린 뒤에는 죄책감의 포로가 되어 있기 때문에, 위험한 경우는 자살을 한다든가 자기파괴로 집을 불태워 버린다든가, 어처구니없는 케이스도 있다.

이런 상황 아래에서는 문제의 공개가 중요하다. 안이하게 전문가에 의뢰하는 것도 좋지 않지만, 부부 둘이서 줄곧 쉬쉬 하면서 대처하는 것은 훨씬 더 위험하다. 적절한 전문가뿐만 아니고 이웃이나 친척들에게 어떤 일이 일어나고 있는가를 알리고, 학교의 선생에게도 보고하는 것이 중요하다. 자기가 매 맞았을 경우 도망칠 장소를 만들어 놓는 것도 필요하고, 만약의 경우 제3자적인 역할을 맡아 주도록 해두는 것도 좋다.

이 아버지도, 나에게 상담하러 오는 부모도, 모두 자식에 대한 책임을 지나치게 의식하여 축 늘어져 있다. 대체로 과잉 보호인 것이다. 부모이기 때문에 무엇이든 해줄 수 있다, 참아야지 하는 생각이야말로 오만한 태도이다. 어차피 자식이란 타인과 같으니 모르겠다고 여기는 편이 좋다. 무엇이든 해주어야겠다고 생각하니까 자식을 앞에 두고 괴로워하는 것이다.

내가 가장 말하고 싶은 것은 아무리 아버지나 어머니라고 할지라도 자식 기르기에 실패한 듯한 것에 지나치게 책임을 느끼지 않아야 된다는 점이다. 지금의 시대에선 누구나 다 순탄하게 성공할 수 있는 것이 아니다. 이런 시대에서는 자식 기르기에 실패하는 것이 당연하다고까지 생각하고 있다. 제대로 자라고 있는 경우는 여러 가지 요인이 중첩되어 우연히 잘 자라고 있는지도 모른다. 여하간 자식을 설계해서 적게 낳는 시대이다. 내버려 둬도 저절로 자란다고 믿었던 그런 시대가 아닌 것이다. 자식이 난폭해진 경우에도 차라리 자식이 헌신적으로 부모 노릇을 할 시간을 주었다는 정도의 기분으로 자식이 진정하기를 기다리는 것이 좋다고 생각한다. 다시 말하면 부모의 사랑은 무한하다는 신화가 만연되어 있는 것이다. 부모는 자식을 위해 살아가고 있다. 이것이 가족 환상을 떠받치고 있는 셈이다.

그러나 부모는 자기들 자신을 위해 사는 것이다. 그런 의식이 자식에게도 가장 중요하다. 폭행을 당하면서까지 집에 돌아올 수야 없다. 집은 마음 편히 쉬는 곳이다.

결론적으로 말하면 아버지 노릇을 제대로 하라, 그러나 무리하다고 생각되면 도망쳐라. 싸움에서 지면 깨끗이 패배를 인정하고 자식에게 "이젠 아버지 노릇 못하겠다"라고 말해 버리라는 것이다.

가족의 규칙이 깨어질 때

— 가정 내 폭력의 토양

가정 내 폭력이라는 말이 쓰이기 시작한 것은 1970년대 후반부터이다. 가정 내 폭력이란 사춘기의 자식이 부모에게 가하는 폭력을 일컫는다. 이 경우 폭력은 어디까지나 부모, 가정 내에 한정된다. 그러므로 밖에서 폭력을 휘두르는 비행과는 전혀 다르다. 역시 같은 시기에 두드러지기 시작한 두문불출과 표리 관계에 있다. 둘 다 바깥 사회에 잘 어울리지 못한다는 공통점이 있다.

자식이 부모에게 폭력을 휘두르면 부모들은 자식이 미쳤다고 말한다. 그토록 착한 아이가, 더욱이 좋은 학교에 들어가 열심히 하고 있었는데, 갑자기 난폭해졌다고 아연실색한다.

이런 예가 있다.

밤중까지 책상 앞에 앉아 공부하고 있는 고등학생인 아들에게 어머니가 야식용 라면을 들고 와서는 뒤도 돌아보지 않는 아들의 등 뒤에서 "열심히 하거라" 하고 말했다. 여기까지는 수험생을 가진 많은 가정에서 흔히 볼 수 있는 광경이다.

그런데 느닷없이 라면이 그릇째 공중에 날고, 동시에 "이 이상 더 얼마나 열심히 하란 말이야!"라는 아들의 고함소리가 귀청을 찢었다. 이 가정에서는 그후 아들은 어머니에게 폭력을 시작했고, 마침내 아버지마저도 미처 손을 쓸 수 없게 되었다.

또 중학교 1학년생인 열세 살 소년의 경우는 이런 것이었다.

처음에는 꾸물꾸물하면서 학교에 가기 싫어하였다. 컨디션이 좋지 않다, 일어설 때 현기증이 난다, 어깨가 결린다는 등을 핑계를 대기 시작했다. 그러고는 차츰 어깨를 주물러라, 밥을 먹을 수 없으니 생선초밥을 만들어 달라고 하는 것이었다. 그러는 중에 아이의 투정을 듣는 데 지쳐 버린 어머니가 자리에서 일어서려 하면 붙잡거나 머리칼을 끌어당기기 시작했던 것이다.

이처럼 가정 내 폭력은 아버지에게가 아니고 우선 어머니에게 하는 것이 보통이다. 말하자면 어머니의 보살핌을 억지로 끌어내는 것이다. 이것은 살아 있는 것이 괴로워 어머니의 품 안이나 자궁으로 돌아가고 싶다는, 태아로의 회기를 원하는 사인인 것이다.

대부분의 경우, 폭력은 먼저 움직이지 않는 것을 대상으로 하고 다음엔 약자인 애완 동물이나 여동생을 상대로 한다. 부모는 맨 마지막이다. 자식들은 부모를 폭행하면 부모를 잃을지도 모른다는 불안감 때문에, 부모에 대한 폭력은 맨 나중으로 미루는 것이다. 가정 내 폭력에서 부모를 폭행하고 있다는 것은 자식 쪽도 필사적으로 죽음과 이웃하고 있는 심정이라고 생각해도 좋을 것이다.

자식이 가정 내 폭력에 이르기까지의 환경에는 두 가지 종류가 있다. 하나는 부드러운 폭력이라고도 할 수 있는 기대감이 강요되고 있는 경우이고, 또 하나는 글자 그대로 부모로부터 신체적인 징벌을 받아 온 경우이다.

내 경험으로는 부모에게 심한 폭력을 휘두르고 있는 자식의 경우는 이전에 부모로부터 심한 폭력을 받은 예가 압도적으로 많다. 이에 비해 가정 내 폭력이라도 우물쭈물하면서 어머니에게 응석부리는 것처럼 폭력을 쓰는 아이의 경우는, 자라는 과정에서 부모로부터의 폭력은 당하지 않은 것 같다.

내가 부모에게 자녀가 폭력을 휘두르면 도망치라고 충고하는 케이스는 주로 전자이다. 아이가 달려드는 공격성의 차이를 분별할 필요가 있다.

부모에게 한정된 폭력의 주된 요인으로서는 아버지 기능의 부족이라든가 자식의 욕구를 제한하는 사람이 없었다는 케이스가 두드러진다. 즉 응석받이로 자식의 욕구를 부모가 무제한 수용해 버리는 환경에서 자란 경우가 많은 것 같다.

기분에 따라 폭력을 휘두르는 아버지의 경우, 가령 자영업이어서 언제나 아버지가 곁에 있었다고 해도 이것은 '기능적인 아버지의 부재' 이다. 이런 아버지는 아버지가 아니다.

이럴 경우에는 아들이 어머니를 지키는 기사 같은 역할을 하게 되고, 도리어 자기의 능력에 대한 한계 의식이 발달하지 않는다. 자기애적인 만능 의식에 사로잡혀 사회와 타협을 잘하지 못하는 어른이 되어 버린다.

프로이트의 말에 '아기폐하' 라는 것이 있다. 부모가 임금에게 대하는 것처럼 자식을 섬긴다는 것인데, 자식의 입장에서는 부모를 지배하고 있다고 착각하게 마련이다. 그리고 자기는 무엇이든 할 수 있다는 유아적인 나르시시즘을 갖는다.

이것은 자기가 절대 권력자이고 주위는 모두 노예라는 의식이어서 인간관계는 성립하지 않는다. 모두가 노예이든가 자기 것이기 때문에, 자기를 인정해 줄 타인이 없는 것이다. 그래서 '사람' 이 없는가 하고 찾아 헤매는데, 인간다운 사람을 만나도 곧 정복하여 자기 것으로 만들어 버린다. 그런 일은 결국 다른 사람에게 꺾여서 자기가 노예가 될 때까지 계속된다.

이런 아이들이 어른이 되면 그야말로 문제이다. 특히 자기 자식의 몸이 약하다거나 하면 애처럽게 여겨, 자식이 무엇을 해도 나무라지 않고 모든 뜻을 이루게 해준다. 이 경우에 자식의 만능 의식은 남는 것이다.

그럼 어떤 가정이 가정 내 폭력의 토양이 되고 있는가. 크게 나누어 세 가지의 가족상이 떠오른다.

첫째는 통합되지 않는 가족 또는 붕괴 가족이다.

문외한이라도 가장 예측 하기 쉽고 이해하기 쉬운 가족상이라고 생각된다. 말하자면 아버지가 술주정뱅이이거나 빚을 잔뜩 지고 있다거나 부부 사이가 매우 나쁜 가족이다. 이런 가족의 자식은 가정 내 폭력이라기보다는 급우나 밖에서 대상을 찾는, 이른바 비행의 케이스가 많다.

둘째 가족은 응집 가족이다.

응집가족이란 집안 한 사람의 동향이 민감하게 다른 가족의 구성원에게 전해져서 그 사람들의 행동에 영향을 미치는 가족이다. 상호 의존적이라고 할까, 또는 상호 감시적이라고 할까. 부모가 자식을 감싸고 돌아 그다지 밖으로 내보내지 않으려 하고, 한편 부모에게 걱정거리가 있으면 자식이 염려하여 가까이에서 위로해 주는 가족이다. 그 가족 안에서만 통용되는 가치관이 만연해 있고 그것에 구성원 모두가 묶여 있는 가족이다.

아버지와 어머니 쪽의 규칙이 강해서 아들이 아무런 거리낌 없이 감시(침범)받고 있을 때 가정 내 폭력이 양성된다. 특히 어머니가 밀착해 올 때, 그것은 일종의 근친상간적인 접근이므로 사춘기의 아들은 음울함을 지나 공포심을 갖게 된다.

대체로 아버지가 가족 안의 일은 어머니에게 맡겨 가족 내에서의 역할이 약하고, 그만큼 더욱 어머니가 가족의 통제권자로서 기능을 발휘해버리는 가족에 폭력이 깃들기 쉬운 것이다. 규칙이라고 해도 부모의 올바른 논리적인 의견이 아니고, 가족 전체가 속박당해 버리는 분위기나 가치관이기 일쑤이다. 그것은 묘하게 굳고 단단한 것이다.

이런 가족에서는 등교 거부나 섭식 장애의 아이가 나오기 쉽다. 이런 가족에게 가족 외의 세계는 위험 지대이기 때문에 자칫 집 안에 틀어박히는 사태가 일어나기 십상이다. 그래도 등교 거부를 하지 말라는 규칙 같은 것에 묶여 간신히 학교에는 다니지만, 중·

고, 대학으로 나이가 들어감에 따라 자기의 가치관을 정립할 때가 되면, 이런 가정에서 자란 아이들은 혼란되어 버린다.

대체로 그들은 혼자 상경해서 학교에 들어가기를 싫어한다. 머리에서는 자립을 생각하지만, 몸이 말을 듣지 않는다. 이럴 때 그들은 가족으로부터의 정서적인 분화에 좌절하고, 원래의 가족에 융합해 버리는 것이다.

이럴 경우에는 일과성의 착란 상태가 생기거나 피해망상이 심하게 되거나 불결 공포증, 시선 공포증 등의 단일 공포증이 강하게 나타나기도 한다. 여성의 경우 압도적으로 많은 사람이 '섭식 장애→두문불출' 이라는 과정을 거친다.

일반적으로 보아도 자식을 적게 두는 현대이니 부모 자식의 밀착이 오래 지속되어 자기 분화는 어렵게 되어 있다.

셋째는 이상적인 가족이다.

이상적인 가족이므로 자식들에게 문제는 없겠지 하고 생각하겠지만, 오히려 여기에 문제가 많다. 이상적인 가족은 부부 사이가 좋고, 응집성은 있어도 그다지 심하지 않으며, 남편과 아내는 각기 자기 생활을 하고 있는 데다 양쪽 친척과의 관계도 나쁘지 않다.

아내는 취미나 그것을 넘은 직업 경력을 가지고 있고, 자식들은 모두 착한 아이로 자라 곁에서 보면 매우 균형이 잘 잡힌 좋은 가족으로 보인다. 그리고 이런 가족의 구성원은 모두 열심히 각자의 역할을 하고 있다. 제대로 기능을 하고 있으니 그속에서 착한 아이가 되는 것은 사실 매우 어려운 일이다. 아버지는 일류 대학을 나와 어느 정도 사회적 지위도 있고, 어머니도 그것을 보조하는 전업 주부의 전형으로 세상의 기준으로 보아 아무런 문제가 없다. 하지만 언제나 진지하고, 농담이 없으며, 세상 사람들로부터 손가락질을 받는 일은 일절 하지 않는다는 것을 기본으로 하는 가족이라면 어깨가 뻐근해진다.

이처럼 '열심히 하는 가족' 안에서는 자식들도 열심히 할 것을 강요당한다. 첫째는 학교에 열심히 다녀 좋은 성적을 올려야 한다. 둘째는 부모에게 귀여운 아이, 착한 아이로서의 자기를 언제나 연출해야 한다. 이것은 매우 힘든 일이다.

게다가 아무래도 한 번쯤은 좌절을 체험하게 될 것이다. 무엇보다도 우리는 파워 게임, 경쟁 사회 속에 살고 있다. 특히 우수한 아이, 즉 다른 아이보다 몸집이 크고 힘도 있어 여러 가지 일을 할 수 있는 데다 공부도 잘하는 아이일수록 일류 학교에 가게 마련이기 때문에, 보다 고단위의 파워경쟁을 되풀이하지 않으면 안 되며 결국 패자의 위치에 놓일 수도 있다. 이런 게임에서 일찌감치 내려와 버리는 것이 삶의 지혜라고 할 수 있다.

그러나 자식들에게 좌절의 체험은 심각하다. 자식은 부모가 바라고 있는 자식의 기준을 충족시키지 못하고 있는 것은 아닌가 하고 낭패하여 어쩔 줄 모르게 된다. 이런 자식은 부모의 큰 기대를 받고 일류 지향이기 때문에 중간 정도로는 안 된다. 그것은 용납되지 않는다. 그래서 몹시 당황한다. 좌절의 감각을 만드는 것이다.

반대로 그런 폭력을 양성하지 않는 가족에게는 유연성이 있다. 규범이나 규칙, 속박이 심한 집이 아니라는 말이다. 유연한 것과는 다르지만, 집을 나가고 싶다는 아들을 어쩔 도리 없이 그저 바라보고만 있는, 오히려 무력한 편이 더 낫다는 얘기가 된다.

인간이 하고 있는 일에는 무엇이든 의미와 효용이 있는 것이다. 가족내 폭력만 해도 그렇다. 이상적인 가족처럼 가족 안에 '문제가 있어서는 안 된다' 는 규칙이 확고할 경우, 폭력이라는 새롭고 강렬한 수단만이 가족 안을 뒤흔들 수 있는 것이다. 그리고 가족 전체가 뒤흔들리게 되면, 이상적으로 보였던 가족 아래 감춰져 있었던 한 사람 한 사람의 생각이 표출되기도 한다.

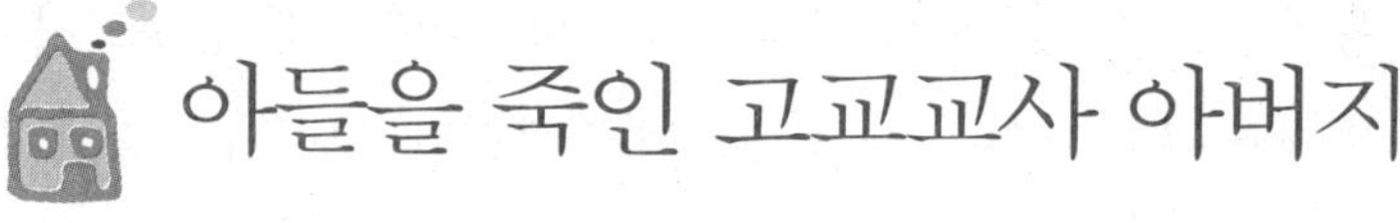

아들을 죽인 고교교사 아버지

성실하고 정직해 평판이 좋은 고등학교 교사가 대학을 중퇴한 뒤 집에서 어머니에게 폭력을 휘두르고 있던 스물두 살 아들을 죽여 버린 사건이 1990년에 일어났다. 이에 대해서는 매스컴에 여러 가지로 다루고 있고 나도 이미 쓴 바가 있으므로, 여기에서는 특히 아버지의 역할이라는 것에 초점을 맞춰 생각해 보기로 한다.

이 집에서는 가족끼리의 말다툼이나 폭력이라는 것이 거의 없었던 모양이다. 특히 어머니는 시부모의 시중을 성심껏 들어 착한 며느리, 좋은 아내, 슬기로운 어머니로서 역할을 다하고, 남편에게는 푸념 한마디 한 적이 없었다고 한다. 약간의 말다툼이 있었다고 하면, 그것은 아들에 대한 가정 교육 차원의 것이었다. 언젠가 아들이 반항적인 말을 하자 아버지는 아들을 때렸고, 어머니는, 아들로 하여금 아버지에게 사과하도록 윽박질렀다.

아들은 대중 음악가가 되겠다고 선언하고 그 지방에서는 으뜸가는 고등학교를 중퇴해 버렸다. 그리고 그후 대학 입학 검정고시를 보아 또래와 같은 나이로 사립 대학에 진학했다. 그러나 그는 중간 정도의 그 사립 대학이 마음에 들지 않아 결국 학교에는 가지 않고 또 중퇴했다. 그후 집 안에 틀어박혀서는 술만 마시고 어머니에게 폭언을 하게 되었다.

아들이 이상해졌다고 여긴 어머니는 정신과 의사에게 상담하러 가서 '경계성 인격장애'라는 말을 듣고 그 말에 수긍하여 아들을 그렇게 보았던 것이다. 또 아들도 그렇게 행동하고 부모가 자기를 잘못 가르쳤다며 어머니에게 욕설을 퍼부었다.

부부는 아들을 떼어 놓으려고 이사 가기로 마음먹고 그것을 아들에게 말했는데, 아들은 그것을 계기로 레스토랑에서 아르바이트를 시작했다. 이 무렵부터 집에 돌아오면 부모에게 폭언을 하거나 기물을 파괴하는 등 난폭한 행위가 한층 더 심해졌다. 이 동안 시어머니에 이어 시아버지도 돌아가서 그 장례를 끝낸 다음 날, 어머니가 아들을 죽일 것을 남편에게 제안한 것이다.

아버지도 "가족의 미래를 열기 위해서는 부모의 책임 아래 아들의 목숨을 끊을 수밖에 없다"라고 생각하고 있었다. 자식을 죽여서까지 열어 가야 할 가족의 미래가 무엇인가 하는 논의는 두 사람 사이엔 없었다. 이 지경에 이르러서도 부부 간에는 갈등이나 말다툼은 없었던 것이다.

두 사람은 서둘러 아들을 죽이는 준비에 착수하고, 어머니는 식칼을 사왔다. 법정에서 아버지는 "변호사님의 모든 진술을 듣고 정말 내가 모르는 가운데 매우 오랫동안 아내가 괴로워했다는 것을 느꼈습니다"라고 진술하고 있다. 죽여야겠다고 마음먹은 것치고는 이 아버지는 아들과의 접촉이 그다지 없었던 셈이다. 아내가 아들을 죽이자고 제안할 만큼 괴로워하고 있는 것을 알았다면, 왜 그때부터 아내 대신에 아들과 종일 마주하지 않았던 것일까.

나는 이런 아버지를 많이 알고 있다. 그런 와중에 일 같은 것을 하고 있을 처지가 아닌데도 이 아버지는 아들을 죽이는 날까지 태연히 직장에 나갔었다. 생각해 보면, 이 사람은 자기의 늙은 아버지와 어머니, 세 아이들 모두를 아내에게만 떠맡기고 있었던 것이다. 자기는 일에 '사나이'를 걸고 있는 셈이었을 것이다.

이처럼 일에만 몰두하여 그외의 것은 염두에 두지 않는 것을 흔히 '일 중독증'이라고 하는데, 많은 남자들이 이 일 중독증에 걸려 있다. 그런 의미에서 이 아버지도 극히 보통의 건전한 아버지였다. 그리고 아들을 키우는 방식은 대부분의 아버지와 비슷한 것이었다고 할 수 있을 것이다.

아들이 그 지방에서 으뜸가는 고등학교를 2학년에서 중퇴할 때, 아버지는 반대했지만 단호하게 "중퇴란 용서하지 않는다"라고 딱 잘라 말하지는 않았다. 이런저런 얘기 끝에 결국 "네가 좋은대로 하려므나"라고 말했을 뿐이다. "절대로 중퇴해서는 안 된다"라고 단언하는 것이 두려웠던 것이다.

아무튼 이 아버지는 아무것도 딱 부러지게 해결하려고 하지 않았다. 그러므로 아들도 엉거주춤할 수밖에 없다. 고등학교를 중퇴하고 대학 입학 검정고시를 치러 대학에 합격했던 것이다. 아버지로서는 우선 진정으로 "그만두지 말라"라고 말해야 한다. 그것이 아니면 다른 길을 제대로 일러줘야 한다. 예컨대, 대중 음악가의 재능이 있다고 생각한다면 혼자서 하라, 그렇다면 대학입학 검정고시 따위는 집어치우고 돈은 대줄 테니 음악 한 길의 생활을 해보라는 등과 같은 말이다. 좀 더 사나이로서의 의견이 있을 터이다.

이 아버지는 아들이 대학 입학 검정고시를 통해 사립 대학에 들어갔을 때 매우 기뻐했다. 거기서 기뻐해서는 안 되는 것이다. 결국 아들은 사립 대학에 전혀 다니지 않았다. 스키부나 경음악 써클에 나갈 뿐이었다. 그래도 이 아버지는 등록금만은 내고 있었다.

이 아버지는 자기의 본심을 제대로 관철하고 있지 않았다. 자녀의 자주성 따위의 뜨뜻미지근한 말을 해서는 안 된다. 부모가 할 일은 제대로 의견을 말하는 것이다. 알았다는 말만 해서는 잘못된 것이다.

부모가 의견을 말하면 자식이 자기 생각과 틀린다고 반발해서 폭력을 휘두르지나 않을까 해서 주뼛주뼛하고 있는 부모가 있는데, 반드시 폭력을 휘두르지는 않는다. 제대로 의견을 말하는 아버지의 박력은 도리어 자식의 닫혀진 마음을 연다. 따끔한 말을 들은 자식은 호된 부모에게 눌려 버렸다는 앙심이나 노여움을 지니면서, 어떻게든 놀라게 해주려고 그 나름대로 열심히 하는 경우가 많다.

이 아들의 경우, 자기가 한 것은 모두 부모의 허락을 받았다. 대학에는 가지 않는다. 음악 테이프를 만들기 위해 밤중에도 술을 마시면서 키보드를 두드리고 있다. 그 결과 어떤 일이 일어나는가 하면, 이 아이는 언제까지나 미숙한 자기애적인 감각에서 벗어나지 못한다. 언제까지나 독립할 수 없는 것이다.

한편으론 '면목 없다'는 망상이 죄책감을 낳아, 이것이 부모에 대한 공격과 도전으로 나타나게 된다. 대학에 전혀 다니지 않는다는 것은 분명히 도전이다. 그후 그는 그 따위 학교에 다녀 봤자 별 수 없으니 사법시험을 치러 변호사가 되겠다고 말했다. 그러면 직업이 안정되므로 그 수입으로 음악을 하겠다는 것이다. 그렇게 간단한 것이 아니라고 아버지는 말했는데 마치 남의 일처럼 말하고 있는 셈이다.

"너는 할 수 없다. 나는 반대다"라고 분명히 말해 주는 것이 좋았다. 하지만 그런 말이 나올 수 없는 부자관계가 되어 있었다는 점이 문제가 있다. 자식을 어른으로 보고 자식이 스스로 생각하도록 하려는 방식을 취하는 부모가 있는데, 그런 모양새가 통한다면 부모 같은 건 필요 없는 것이다.

평소에는 '수수께끼의 남자'로서 아버지 부재의 노릇을 해도 좋지만, 이 시점에서는 분명히 아버지의 존재를 보여줘야 한다. 이것이 아버지 역할을 다하는 아버지이다.

이 아들은 사법시험 공부도 두세 개월 하다가 집어치웠다. 결국 아들에게도 불행한 일이었다. 아버지는 "여기는 내 집이니 아버지를 믿고 이 집에서 계속 살고 싶으면 아버지의 말을 따라라. 그것이 싫다면 혼자서 해나가라"라고 말했어야 했다.

혹은 아들의 말에 어느 정도의 승산이 있어 아들이 말하고 있다고 생각되면 "내 생각과는 다르지만 훌륭하다"라고 말해 준다든가, "그 대신 어떻게든 제구실을 하는 사람이 되거라"라고 말하고 스폰서가 되어 주기도 하는 것이다. 스폰서란 대등한 관계이다.

좌우간 어느 시점에서 부모는 결심을 하지 않으면 안 된다. 그것은 이제 이 아이는 내 자식이 아니다, 내 책임의 범위를 넘어섰다고 손을 떼는 결심이다. 이 책의 서두에 말한 '아버지 선언' 을 해제하는 선언인 것이다. 그후엔 아들이나 딸이 하는 일에 참견하지 않는다. 그 대신 양육자의 책임을 질 필요도 없다. 이러한 아버지의 결단에 대해서는 사랑하는 아내의 반대가 설혹 있다고 해도 아버지의 신념에 따라 나아가는 것이 좋다.

이 아버지가 아들을 죽여 버리는 도화선이 된 말은, 아들이 아버지에게 한 당신이라는 말이었다. 그가 여자 친구와의 성관계에서 잘되지 않은 것을 아버지에게 상담했을 때, 아버지는 성공하면 낫는다고 말하고 무엇 때문인지 좀 더 책을 읽으라고 말했다. 그리고 후쿠자와 유키치를 들먹이며 훈계하려고 한 것 같은데, 이에 대해 아들은 "당신 의견을 듣고 싶은 거야"라며 소리를 내질렀던 모양이다. 이 아버지는 이때도 학교 선생이라는 형태로밖에 아들을 대하지 않았을 것이다.

"나도 그런 적이 있었다" 정도로 말해도 좋은데, 이 사람은 아들 앞에서도 어디까지나 '아버지' '남자' '선생' 역할을 하고 있었다. 그러므로 아들로부터 '당신 의견' 이라는 말을 들은 셈인데, 이 '당신' 이라는 말에 이 아버지는 자기 평가에 심한 상처를 입어 용서할 수 없다고 생각한 것이다. 결국 이 가정에서는 아버지도 어머니도 '좋은 아버지' '좋은 어머니' '좋은 선생' 이라는 역할에 얽매여 있었다고 할 수 있다.

'이상적인 가족' 이 낳는 거식증

사춘기의 남자 아이들이 빠지는 좌절에 가정 내 폭력이나 집 안에 틀어박히는 두문불출이 있다고 하면, 여자 아이들의 경우는 먹는 것에 집요하게 구애받는 섭식 장애가 있다. 남자 아이의 두문불출과 여자 아이의 섭식 장애는 심각한 문제이다.

섭식 장애에는 거의 먹지 않아 비쩍 말라 버리는 거식증과 글자 그대로 지나치게 먹는 과식증이 있다. 이 두 가지는 사실상 동전의 앞뒤라고 생각할 수 있다.

거식증은 오랫동안 계속되는 경우가 비교적 적어 열 명 가운데 하나 정도이고, 나중에 과식으로 옮겨 가는 것이 보통이다. 한편 느닷없이 과식을 시작하고 거식증이 되지 않는 케이스도 있다.

또 과식증에는 구토를 동반하여 먹으면 토하는 경우가 많아, 과식증이라고 해도 비쩍 야윈 사람이 많다. 물론 과식할 뿐이고 구토를 전혀 하지 않는 사람도 있어, 이 경우는 당연히 비만이 된다.

섭식 장애는 단순히 살을 빼고 싶은 소망이 가져오는 병이 아니다. 거기에는 육체적 고통을 넘은 그녀들의 '살아가는 막다른 길' '살아가는 길의 공포' 가 있다. 그 고통은 독특한 것으로, 거식에 의한 굶주림이나 과식에 의한 고통과는 다른 '영혼의 삐걱거림' 같은 것을 나는 느낀다. 그런 의미에서 이 병에는 여자 아이들의 삶의 몸부림이 응축되어 있다. 어머니의 기대에 부응하려고 노력한 착한 아이의 좌절이다.

내 환자 중에 이런 사람이 있다.

그녀는 유명한 사립 고등학교에서 줄곧 수석이라는 뛰어난 성적을 보였고, 염원했던 — 사실은 본인이 아니고 어머니의 염원이었던 — 도쿄대학에 진학한 아가씨이다. 그러나 합격하자마자 머릿속이 하얗게 되어 버렸다. 도대체 무엇을 해야 좋은지 전혀 모르게 되어 버린 것이다.

도쿄대학 4년 동안 줄곧 그녀가 사로잡혀 있은 것은 어머니에 대한 분노였다. 어머니의 기대에 대한 원한이었다. 공부를 팽개치고 분방하게 노는 것으로 어머니에 대한 원한을 풀려고 했지만, 어떻게 하면 잘 놀 수 있는지, 어떻게 행동을 하면 사랑받는 여자가 되는지를 알 수 없고, 지금까지 경험하지 못한 암흑 속에 빠져 버린 것이다.

언제나 답답하고 쓸쓸하고 불안했다. 우선 할 수 있는 것은 먹는 것뿐이어서 체중이 자꾸만 불어 갔다. 얼마 가지 않아 식후에는 토하게 되고, 대학 1학년 말 무렵에는 과식과 구토에 대한 생각으로 머릿속이 꽉차 버렸다.

과식 구토에는 허탈감과 죄책감이 따른다. 구토는 다른 사람에게 말할 수 없는 비밀을 간직한 자기에게 향한 증오이기도 하다. 이 사람이 과식 구토의 지옥에서 빠져 나올 수 있던 것은 그로부터 10년 후의 일이었다.

그 동안 그녀는 조그마한 잡지사에 근무하기도 하고 케이크 가게에서 일하기도 했지만, 결국 동창생과 결혼해서 아이 둘을 낳았다. 빨리 결혼한 것은 어머니 곁을 떠나고 싶었기 때문이기도 했다. 남편은 지방 대학에서 강의를 하게 되었는데, 그가 조교수가 되었을 때 그녀는 남편에게 "뻔뻔하다"고 말했다. 보통은 기뻐할 일이지만, 그녀는 남편의 승진이나 직업상의 고생담을 들으면 질투로 불끈 화가 난다고 말한다. 남편만 일을 하고 자기는 아이들 뒷바라지를 할 따름이라며, 나에게 와서는 억울하다고 우는 것이었다.

거식증이나 과식증에 걸린 젊은 여성들이 내 앞에 나타나기 시작한 것은 1970년대 이후의 일이다. 거기에는 트위기라는 매우 마른 미국의 여배우가 마릴린 몬로를 대신한 시대적 배경이 있었다. 남성들에게 인기가 있었던 커다란 가슴이나 엉덩이를 가진 여성이 부정되고 그 대신 여성들은 우선 중성적인 체형을 원했던 것이다. '남자'가 아니라 섹시하지 않은 '소년'이 되고 싶다는 소망이다. 그리고 시대가 지남에 따라 여자 프로레슬러와 같은 근육의 힘을 동경하게 되는데, 우선 그전에 소녀들은 중성이 되는 것을 원했다는 얘기이다.

이 중성 소망의 밑바닥에는 소녀들의 어머니 부정, 탈가족 등이 깃들어 있었다고 할 수 있다. 여기에는 우선 섹스를 부인하는 의식이 있다. 성숙된 여성 따위는 되고 싶지 않다, 섹스 같은 건 없는 것으로 하고 싶다, 침대에서 알몸이 되어 남자와 껴안는 이미지를 거부하고 싶다는 것이다. 즉 언제까지나 아이의 시대에 머물고 싶다는 얘기이다. 그것은 자기 가족을 새로 만드는 것을 거부하는 것이기도 하다.

아이들에게 있어 성장이란 자기가 자란 가족으로부터 정서적인 분화이다. 이른바 부모에게서 떨어져 나가기이다. 그러므로 섭식 장애의 소녀들은 이 분화, 부모에게서 떨어져 나가기에 좌절한 모습이라고 할 수 있다.

분화에 좌절한 사람은 원래의 가족에 융합하려고 하는데, 이것이 '어린아이로 되돌아가기' 이다. 섭식 장애의 과정은 바로 이 분화의 좌절에서 융합으로 가는 과정이라고 해석할 수 있을 것이다.

섭식 장애 소녀들은 어머니를 부정한다고 말했지만, 그녀들에게 부정되는 어머니 자신이 이미 앞 세대의 어머니와는 다르다. 여권운동 등의 영향을 받아 남편과의 생활에 불만을 느끼고 있거나 어머니 노릇만 하고 있는 것에 허무감을 느끼고 있으며, 여자로서 당당하게 살고 싶다거나 가족의 뒷바라지보다는 자기 자신을 위해서도 무언가 보람 있는 일을 하고 싶다는 생각을 간직하고 있는 어머니들이다. 이처럼 여자들의 삶에 대한 자세가 크게 변화되었다고 할 수 있다.

이에 비해 섭식 장애 소녀의 아버지들은 전혀 그런 것과는 상관없이 살아가고 있어 재미있다고 할 정도로 뒤처져 있다. 그들의 대부분은 눈이 가족 밖으로, 즉 일에만 돌려져 있는 사람들이어서 딸의 심각한 문제는 거의 보이지 않았던 아버지인데, 그런 의미에서 그들은 극히 보통의 아버지인 것이다. 그리고 이런 남편의 가족 내에서의 모습이야말로 오랫동안 아내의 불만을 빚어왔고, 그런 부모가 만든 가정이 결국엔 이런 병을 낳은 것이 아닌가 생각된다.

원래 딸의 병에 대한 아버지와 어머니의 맨 처음 반응은 전혀 다르다. 대체로 아버지는 처음엔 묘하게 낙관적으로 보고, 딸의 문제를 사춘기의 일시적인 방황이라고 치부해 버린다. "당분간 지켜보자"라는 등의 말을 한다. 그러나 아내에게 재촉받아 딸의 현실에 직면하면, 이번엔 아버지 쪽이 격노한다. 섭식 장애의 문제를 안고 있는 가족을 접하다 보면 이런 아버지의 아연한 모습을 가끔 보게 된다.

섭식 장애가 되는 딸들이 자라는 가정은 앞에서 말한 가정 내 폭력과 마찬가지로, 세 종류의 가족으로 분류될 수 있는데, 특히 거식증은 이상적인 가족이라고 불릴 만큼 빈틈없는 가정의 딸에게 많은 것 같다.

아버지는 어느 정도의 사회적 지위가 있고 어머니도 그것을 보조하는 전업주부의 전형이며, 게다가 명문 사립학교에 다니고 도쿄대학 수험 준비중인 남동생이 있거나 하면 이런 가정에서 요구되는 수준의 딸 노릇을 한다는 것은 여간 힘드는 일이 아니다.

기대를 받지 못하는 평범한 딸이라면, 이런 무거운 짐을 지지 않아도 좋을 것이다. 또 가족의 기대를 아랑곳하지 않는 정신력의 소유자라면 문제없을 것이다. 그러나 그녀들은 부모의 기대를 이끌어낼 만큼 열심히 하는 강한 면을 가지고, 다른 한편에선 부모의 기대에 지나치게 신경을 쓸 정도로 약한 면을 가진 '착한 아이'인 것이다. 이런 '착한 아이'들이 느끼는 답답함은 대단할지도 모른다.

결국 이상적인 가족에는 숨막히는 점이 있는 것이다. 좌절이라는 것이 존재하지 않는다. 가족이란 어느 정도의 좌절 같은 것이 있는 편이 낫다. 사춘기가 되어도 그런 것이 없으면 부모에게서 떨어져나갈 수 없다. 응집가족의 아이들은 "우리 집은 정말 숨막힌다"라고 말하지만, 이상적인 가족의 아이들은 그런 말도 하지 않는다. 그저 야위어간다.

이상적인 가족이라는 말은 일종의 아이러니이고, 사실은 이상적인 것이 아니다. 요컨대 서로가 다른 가족 구성원한테 부드럽게 대하는 가족이라는 얘기이다. 이런 가족에서는 '문제가 없을 것' '서로 다투지 않을 것'이 중시되고, 그것이 하나의 규칙이 되어 있다. 그런 규칙을 존중하는 나머지 숨막히게 되어 있는 것이다. 먼저 틀을 만들고 그 이상적인 틀을 결사적으로 지키고 있다는 느낌이 든다. 그리고 이런 분위기의 유지를 가장 중시한 나머지, 가족 구성원들은 무의식중에 자기 자신의 욕구를 소멸시키고, 자기 감정을 없애는 상태에 빠져 드는 것이다.

거식증이란 성장과 성숙을 거부하는 것이라고 앞에서 말했다. 그러므로 근본적인 치료로서는 그들이 성장할 수 있는 조건을 생각해야 한다. 그렇다면 그들이 성장하기 위한 조건은 무엇인가. 이것은 간단한 얘기인데, 부모가 '죽으면' 되는 것이다.

『양철북』이라는 독일 영화가 있다. 세 살로 성장이 멈춰 버린 청년은 부모가 죽자마자 갑자기 성장한다. 그와 마찬가지 일이 일어나는 것이다. 거식증의 소녀나 자기에게 책임을 지지 않는 청년도 부모가 죽으면 갑자기 성장해서, 이래서는 안 되겠다며 먹고 일하기를 시작한다. 그렇다고 현실적으로 부모를 죽게 해서는 안 되기 때문에 이 말은 비유로 이해해야 한다. 말하자면 부모가 그 역할을 그만두어 버린다는 얘기이다.

내가 항상 말하고 있는 것은, '어머니가 병에 걸려라, 아니면 어긋나라' 는 것이다. 이것은 매우 어려울 것이다.

나는 가족의 건전함 그 자체를 무너뜨리지 않으면 안 된다고 생각하는데, 사실 누구나 건전함에의 집착은 강열하다. 부모의 역할에서 벗어나겠다는 말은 좀처럼 들을 수 없다. 사실은 아버지가 회사를 쉬고 드러누웠으면 하는데 그것이 무리한 얘기이기 때문에, 하다 못해 어머니에게 드러누워 달라고 말하는 것이다.

어머니가 밤에 노래방에 가버리는 것도 좋다. 요컨대 가족 내의 역학 관계를 변화시키는 것이다. 언제나 자식을 주목하고 관심을 가지며 뒷바라지를 하고 있는 어머니가 변해 버리는 것이 중요하다.

나에게 오는 환자의 경우인데, 이 어머니는 1주일에 3일 대학에서 강의를 하고, 집에 돌아오면 딸에게 피곤하다고 하며 잠옷을 입고 있다는 것이었다. 거식증의 아이는 모두에게서 주시받는 상황이 많은데, 이번에는 어머니를 지켜보는 역할로 반전된 것이다. 어머니가 잠옷 바람인 것에 딸이 저항감을 가지면 딸이 있는 앞에서 아버지가 연기라도 좋으니 "언제까지 잠옷을 입고 있는 거야. 정신 차려"라고 한마디 하라는 조언했다. 이것은 연기로 보여도 좋 다.

거식증의 아이인 경우, 자기가 살고 있는 현실을 다각적으로 보는 것에 익숙해 있지 않다. 매우 단순하고 소박한 세계관을 가지고 있다. 그러므로 살을 빼면 어떻게든 되겠지라든가 밤하늘의 별이 되고 싶다든가 고기는 더럽다 기름은 싫다는 식이 된다.

그런 의미에서도 거식증은 정서적인 퇴행 현상, 어린아이로 되돌아가는 현상이다. 그러므로 연기라고 보이는 것이 도리어 좋고, 그녀들은 정말인가 하고 의혹을 갖게 되어, 그들의 세계관을 복합적으로 만드는 데 도움이 된다.

그런데 아버지의 적절한 대처 방법에는 정형적인 것이 있지 않다. 다만 한 가지 말할 수 있는 것은, 아이가 난폭하게 굴 때 아버지가 등장하면 아이는 묘하게도 조용해진다는 것이다. 아버지란 매우 강하고 두렵고, 나아가서 권위가 있는 것 같은 느낌이 든다. 거식증 딸을 가진 아버지의 경우, 근엄하고 성실하다고 할까 냉엄하고 권위적인 사람이 많기 때문에 그런 아버지에게 어머니와 다정한 관계를 형성하라고 말하고 싶지만, 이 점이 어려운 것이다. 왜냐하면 그들은 얼핏 보기에 이미 다정한 관계가 되어 있다고 믿고 있기 때문이다.

그래서 치료를 할 때는 부부 싸움의 연기를 해달라고 말한다. 그러면 대부분은 부부들은 싸움이 될 만한 것이 없다고 말한다. 그러나 사실은 그렇지 않다.

자세히 들어 보면, 예컨대 유산 상속을 둘러싸고 부부 간에 약간의 견해 차이가 있다든가 남편의 누나에게 양보하는 일에 아내의 입장은 신경쓰지 않았다든가, 그런 일들이 여러 가지 터져 나오는 것이다. 그런 것들을 애매하게 하지 않고 명확히 하여 집안에서 그에 대한 논쟁을 해보는 것이 좋다.

이것은 다정하고 친밀하다고 생각하고 있던 관계에 다르게 보는 방법이 있다는 것을 제시하는 것인데, 그렇게 함으로써 부모들이 갖고 있던 가치관이라든가 자식들이 떨어져 나감에 대한 공포감이라는 것을 깨닫도록 하는, 혹은 지금까지 의심하지 않았던 가치관에 금이 가게 하는 시도이다.

거식증에 걸려 조금 시간이 지나면 절박해져 난폭하게 구는 시기가 있다. 치료가 엉거주춤하게 끝나고 링거를 맞으며 생명적인 위기를 벗어나, 모두에게서 먹으라는 재촉을 받는 가운데 먹는 것이 좋겠다는 생각이 들어 먹지만, 원래 공복이었으므로 과식증이 되어 버린다. 그리고 그 무렵부터 난폭해지는 것이다.

앞서 말한 부부의 딸도 난폭해졌는데, 나는 이들 부부에게 딸 앞에서 차라리 싸움을 하라고 말했다. 어머니는 쑥스럽다며 웃고 있었지만, 1개월 정도 지나자 난폭하게 굴지 않게 되었다는 얘기를 들었다.

딸이 "둘이 싸우고 있는 건 못 봐주겠어. 다른 일로도 머리가 아픈데, 제발 걱정스럽게 하지 마"하고 말했다고 한다. 다만 그들 부부가 말한 바에 의하면, 보통 자식들이 보면 연기라는 것을 금방 알 터인데도, 딸은 그것도 모를 정도로 어린아이로 되돌아가 있었다는 느낌을 받았다는 것이다.

현대는 부모에게서 떨어지기와 자식 떼어놓기가 어려운 시대이다. 거식증도 그런 실패의 한 가지 형태이지만, 동시에 그녀들이 자란 집이라는 틀이 갖는 우스꽝스러운 면을 그녀들은 몸으로 보여 주고 있다고도 할 수 있다.

아버지 어머니의 윤리 기준이나 가치 기준이 매우 제한적이어서 그것을 상상해서 받아들이면 그런 식으로 되어 버린다고 생각한다. 그런 의미에서 딸의 병은 부모들에게 주어진 성장의 기회인지도 모른다. 아버지 어머니의 가치관을 유연하게 만들 기회라고도 할 수 있다.

징벌을 원하는 심리와 과식증

거식증이 매우 추상적인 병인 데 반해, 과식증은 추상적일 수가 없다. 많은 물건을 사들여 지불해야 하는 금액, 구토로 막혀 버리는 화장실 등 살아 있는 존재로서의 여러 가지 문제가 동시에 쏟아져 나온다.

기본적인 구조는 거식증과 마찬가지로 건전한 가정의 변질 현상이지만, 과식증의 경우는 붕괴 가정도 있다. 알코올 의존증의 아버지가 있다든가 부모와 함께 살아도 전혀 안심할 수 없는 가정 등이다. 붕괴 가정의 아버지의 경우, 우선 무엇보다 아버지의 문제 그 자체부터 치유하지 않으면 안 된다.

과식증의 아이는 거식증의 아이보다 어리지 않다. 대체로 나이가 위이고 행동에 탄력이 있으며 활동력도 좋다. 과식증의 아이도 우등생이 많지만, 거식증과 비교해서 우등생은 초등학교까지인 것 같다. 오히려 사춘기가 시작되는 무렵이 되면, 부모로부터 머릿속에 심어진 이상과 현실의 모순을 생각하는 아이가 많아 의식적으로는 성인이다.

과식증에는 대체로 구토의 습관이 따르게 마련이다. 그녀들이 볼 때는, 착한 아이가 아닌 자기가 과식하고 있으니, 구토라는 것에는 자기 안의 약한 부분이라든가 나쁜 부분을 제거하는 의미가 있다.

물론 이런 것을 일일이 의식하고 있을 리는 없다. 무의식적인 수준의 얘기이다. 하지만 이것이 살을 빼고 싶다는 소망을 충족시키는 것이니 빠지지 않을 수 없는 것이다. 그러나 이런 가운데 그녀들의 죄책감은 위험한 정도까지 높아진다.

무의식적인 수준의 죄의식이 나쁜 자기를 징벌하려고 한다는 점에서 간과할 수 없는 것은 그녀들의 물건 훔치기이다. 섭식 장애자 중에는 남의 물건을 훔치는 사람이 많다. 고백하는 것은 30% 정도이지만, 실제로는 70%나 될 것이다. 그렇지 않은 사람의 편이 오히려 드물다고 할 수 있다.

물건을 훔치는 한 가지 이유는 정말로 가지고 싶은 것이었기 때문이라고 하지만, 언제나 정신적으로 굶주려 있기 때문이다.

'정말로 가지고 싶은 것' 은 부모로부터의 인정이다. 부모에게서 "그쯤 하면 충분하다"라는 말을 듣고 싶은 것이다. "그런대로 열심히 하고 있군. 그것으로 좋은 거야"라는 말 한마디인 것이다.

과식증이었던 어느 여성은 "나는 줄곧 내 마음속에서 '엄마 이 정도면 돼?' 라고 말하고 있었던 것같이 생각된다"라고 말했다. 그녀들은 '인정받고 싶다, 과연 내 딸이구나' 하는 말을 듣고 인정받고 싶은 욕구에 내몰리고 있는 셈이다. 이런 '허기진 마음'이 물건을 훔치도록 만든다. 말하자면 물건 훔치기에는 잃은 것을 되찾는다는 심리가 있다.

그런데 물건을 훔치면 잡힌다. 잡히면 부모에게 연락된다. 그녀들을 보고 있으면 훔치기보다는 잡히는 데 목적이 있는 것 같은 경우가 있다. 잡히면 부모가 부끄럽게 되니 부모에 대한 복수의 의미도 있겠지만, 더 중요한 것은 말로서는 할 수 없는 부모 앞에서는 내보일 수 없었던 또 하나의 자기를 노출시키는 좋은 계기가 되기 때문이다.

자기 자신에게 과식하도록 하고, 구토질을 하게 하며, 물건을 훔치게 하는 자기 안의 나쁜 부분이, 붙잡힘으로써 처벌받는다는 목적이 달성되는 것이다.

그녀들은 착한 아이의 부분인 자기가 공허하고 거짓투성이이고 쓸쓸하기 때문에 나쁜 아이의 부분을 노출시키고 있는 것이다. 일종의 다중인격적인 불완전한 형태를 띠고 있다고 할 수 있지만, 원래 착한 아이 본연의 모습에 무리가 있으므로 그렇게 되어 버리는 것이다.

그런 그녀들을 착한 아이로 속박하는 것은 역효과이다. 오히려 "토해도 괜찮지 않은가" "물건을 훔친다는 것쯤이야"라며(사실은 나쁜 일이지만) 유연하게 대해 주거나, 적어도 이것은 병이라는 이해 정도는 해주는 것이 좋다. 나무라는 말을 하기보다 "괴로워하고 있구나"라고 위로해 주는 것이다.

대체로 그녀들은 물건을 훔치는 것이 들켰을 때 이제 자기는 경멸을 받고 버림받는다고 생각한다. 그럴 때, 예컨대 아버지가 "그랬구나. 그토록 괴로워하고 있었구나"라든가, "그렇게 괴로워하고 있는 네가 정말 사랑스럽단다. 그런 네게 아버지가 어떻게 해주어야 좋은지 알고 싶구나"라는 메시지를 전하면, 눈물 바다가 된다.

딸은 그런 말을 바라고 있는 것이다. 어머니의 "지금대로라도 괜찮아"하는 한마디에 모든 것이 해결되어 버리는 경우도 있다. 물건을 훔친 가게의 점원에게서 모녀가 함께 심한 말을 들은 뒤, 어머니가 아무 말 없이 딸을 힘껏 끌어안는 장면을 더러 볼 수 있다. 이와 반대로 옆에 앉아 있는 어머니가 몹시 화가 나 있는 것을 알 수 있을 때, 딸에게는 매우 가혹한 일이다. 이런 일이 있은 후 자살해 버린 딸도 있다. 말하자면, 나쁜 아이는 틀려먹었다, 나쁜 아이는 거부한다는 부모의 메시지를 새삼 강렬하게 받아들이고 만 것이다.

이처럼 과식증 아이의 물건 훔치기는 애정 욕구라 할까, 얻어먹지 못한 우유(모유)를 되찾는다는 행위이다. 그와 동시에 그녀들은 극단적으로 인색하기 때문에 토해 버리는 것에 돈을 지불하기 싫다는, 먹거리에 대한 멸시도 있다.

그녀들은 값비싸고 건강에 좋으며 맛있는 것은 두려워서 실제로는 먹지 않는다. 그런 것은 참고, 기름기 없는 간식류를 한꺼번에 마구 먹으며, 그와 함께 아이스크림 등도 먹는다. 그러나 먹으면서 매우 초조해 한다. 토할 타이밍을 계산하고 있기 때문인데, 어느 시점에서 콜라나 맥주를 벌컥벌컥 마시거나 해서 토해 버리는 것이다.

이런 습관에 따라 직장에 근무하면서 외식을 하루에 두 번씩이나 하면 큰일이다. 어느 지역에 어떤 편의점이 있고 어떤 화장실에서 토할 것인가, 어느 레스토랑이 좋은가, 토해도 막히지 않는 화장실은 어디에 있는가, 그녀들은 매우 자세한 일람표를 가지고 있다. 집에서는 미리 양복을 벗어놓고 토하면 곧장 샤워를 한다든가, 갖가지 세심한 자신만의 규칙을 만들고 있다.

충분히 과식 했을 때에는 한꺼번에 토하지만, 어중간할 때에는 손가락을 입 속에 넣어 토해 내지 않으면 안 된다. 회사의 상사와 술을 마실 때가 가장 곤란하지만, 시간이 지나면 그것도 대수롭지 않게 된다. 그녀들은 처음부터 토하려고 먹는 것이다. 먹는 것에 대해서도 토해도 좋은 것과 나쁜 것을 분명히 구별한다.

거식증이나 과식증 모두 그 문제에서 벗어나는 데에는 대체로 10년 정도 걸린다. 하지만 부모의 대응에 따라 그 기간도 매우 달라질 수 있다. 부모의 자세란, 간단하게 말해 관심은 갖되 지나치게 간섭하지 않는 것이다.

아버지들은 딸이 모든 것을 걸고 병을 앓고 있으므로, 이것을 가족 관계를 재점검해 보는 계기로 삼아야 한다. 딸이 병들지 않았으면 우리 집의 문제는 표면화될 수 없었다고 생각하고, 이것을 실마리로 해서 가족의 문제를 해결하려고 마음먹어야 하는 것이다. 그것이 어떤 문제인가는 제 각각이겠지만, 가족을 다시 생각해 보는 것이야말로 딸의 근본적인 치료가 될 것임에 틀림없다. 그렇게 생각하지 않는 한 섭식 장애 딸의 아버지 노릇은 할 수가 없다.

자식 떼어 놓기와 부모

— 네 번째 탄생

인간은 네 번 탄생해서 성숙한 인간이 된다고 나는 생각한다.

첫 번째 탄생은 말하자면 생리적인 탄생이다. 두 번째 탄생은 생후 10개월 정도가 되어 기기 시작할 무렵인데, 아이는 어머니의 팔과 무릎에서 해방된다. 말하자면 어머니의 팔이라는 인공 자궁에서 부화하는 단계이다. 그리고 세 번째의 탄생은 또 하나의 인공 자궁에서의 탄생, 즉 집을 떠나는 것이다.

이 시기가 생리적 탄생과 더불어 인간에게 있어 매우 큰 의미를 가진 탄생으로서, 그 시기는 15~20세 너머까지 이르고, 개성적이며 다양한 것이라고 생각한다. 나는 우선 열다섯 살이라는 것을 세 번째 탄생에 관한 하나의 기준으로 하고 있다. 이 연령이 되면 건강한 남자 아이는 발기하고 사정을 하며, 여자 아이는 생리가 시작되어 수태 능력을 갖추기 때문이다.

더군다나 사회적으로는 열여섯 살 이후부터 학비 등 부모의 부담은 무겁게 되는데, 이렇게 부모의 신세를 지는 일은 필요악, 즉 악이라는 것을 부모는 인식하고 있는 것이 좋다고 생각한다. 열여섯 살 이후의 자식에 대한 뒷바라지는 '본래 해서는 안 되는 것을 하고 있는 것' 이라고 부모 자식 양쪽이 자각해야 하는 것이다. 그리고 스물 살이 지나도 '부모에게서 떨어져 나가기' '집에서 떠나기' 라는 형태로 새로운 탄생이 잘되지 않으면 나중에 여러 가지 문제가 생긴다.

마지막으로 자신의 자식을 갖는 제4의 탄생인데, 육아를 경험함으로써 사람은 자기 안에 잠자고 있던 것, 그때까지 의식하지 않았던 것을 깨닫고 성장(이 시기에는 심적인 것이지만)의 마지막 단계를 밟는다. 이 네 번째 탄생은 지금은 자식이라는 것에 한정되지 않게 되었다. 결혼하지 않기로 한 사람이나, 자식을 낳지 않기로 한 사람에게는 자기가 부모와 같은 입장이 되는 조직이나 사업을 만들어 냈을 경우가 그 사람의 네 번째 탄생이 될 것이다. 여기서 사람은 책임감을 가지고 진짜 성숙한 인간이 되는 셈이다.

막상 중요한 사춘기의 부모곁 떠나기인데, 부모곁 떠나기란 자식이 비밀 주머니를 만들어 가는 시기라고 해도 좋을 것이다. 이 비밀 주머니의 중심핵이 되는 것은 성(性)이다. 성에 대한 욕구나 그에 따르는 행위가 주머니에 쌓이고, 이것이 '자기' 를 만들어 부모 곁에서 떨어져 나가는 것이다.

그러므로 이 비밀 주머니는 본래 대단히 중요한 것이다. 그리고 "나는 부모로부터 인정받고 있다" "나는 세상에 통용된다"라는 자신이 있는 아이는 이 비밀 주머니를 제대로 통제할 수 있기 때문에 통합된 인격을 만든다.

그러나 어린 시절 자기의 일부를 더러운 것, 꺼림칙한 것으로 의식에서 배제되어 길러진 아이의 경우, 배제된 '검은 응어리'와 같은 것이 다른 인격을 만들어 버려 인격의 통합을 방해한다. 이처럼 그늘진 부분이 독립된 인격이 되어 표면적인 인격과 이면적인 인격으로 나누어져(분할) 버린다.

이런 사람은 망상적이 되기 쉽다. 왜냐하면 이 그늘진 부분이 외부에 투사되어 주변 사람이 자기를 박해한다고 생각하기 쉽기 때문이다. 주변 사람들의 언동을 곡해하여 피해망상적으로 되는 것은 이런 사람들이다. 또는 자기가 잘하지 못하는 것은 별로 중요하지 않다고 경시하거나 무시하는 사람이다. 그렇게 하지 않으면 좋은 자기는 서투른 것에 맞서지 못하는 틀려먹은 자기라는 검은 그늘에 오염되기 때문이다. 이런 사람은 현실 적응을 무시하고 다른 사람과 어울리지 못하는 나쁜 자기만을 순수하고 옳다고 믿는 답답한 사람이 되는 것이다.

다른 한편으로, 부모의 자식 떼어 놓기라는 것이 있다. 특히 자식을 제대로 떼어 놓지 못하는 어머니의 문제는 매우 크다고 할 수 있다.

'어머니의 신 5월병'이라는 말이 있다. '어머니의 신 5월병'은 잘 알려져 있는 것처럼 대학에 입학한 신입생이 5월의 연휴가 끝나면 허탈 상태가 되어 학교에 가지 않게 되는 현상을 말한다. 지금은 신입 사원의 5월병이라는 것이 있는 모양인데 어쨌든 입학, 입사 그 자체가 목적이었기 때문에 그것을 달성한 뒤에는 무엇을 해야 좋을지 모르게 되는 허탈상태를 지칭한다.

'어머니의 신 5월병' 도 비슷한 정신 상태이다. 자식이 대학에 들어가거나 취직해서 부모와 집을 떠나 버린 뒤에 생기는 어머니들의 허탈상태를 말한다. 지금 이 병에 걸리는 어머니는 — 대부분의 독자에게는 아내에 해당되지만 — 매우 많다. 자식이 떠나간 뒤 인생이 허무하게 느껴지거나, 우울하게 되어 버리고 그런데도 자기 자신에게 도대체 무엇이 일어나고 있는지도 모르며, 두통이나 어깨결림에 시달린다.

의사를 찾는 사람도 있지만, 대체로 갱년기 장애라는 등의 얘기를 듣는다. 연령적으로 들어맞는 것이니 어떻게 해볼 도리가 없다. 개중에는 자율 신경 실조증이라는 등의 병명을 얻어서는 여기저기 의사의 신세를 지는 사람도 있다.

자식이 집을 떠난 후, "가까스로 저애가 대학에 갔으니 이제부터는 내 시대가 되었구나" 하고 생각할 수 있는 어머니는 아무런 문제가 없다. 이에 반해, 자식이 집을 떠난 다음 자기에게는 공허감만이 남는 경우가 문제이다.

1970년대에도 '빈집 증후군' 이라는 것이 있었다. 대체로 초로기의 여성들인데, 남편은 먼저 세상을 떠났고 아이들도 모두 결혼해서 따로 나가 살기 때문에, 혼자 넓은 집에서 외롭게 우울 상태에 빠져 있는 것이다. 거기에는 남편이나 자식들에게 헌신적으로 봉사해 온 여자의 서글픈 말로라는 것이 역력했다.

신 5월병에도 비슷한 뉘앙스가 있지만, 조금 다르다. 무엇보다 세대 차이에서 오는 어머니 자신의 다른 점이다. 한마디로 말하면, 신 5월병의 어머니들은 어느 정도 고학력으로 사회생활의 경험이 조금은 있는 사람이다. 그런 것이 없더라도 학생시절에는 남학생과 함께 공부했기 때문에 남자의 형편없는 측면 같은 것을 잘 알고 있다. 회사에서도 함께 일을 했으므로 남자를 바보취급해 본 경험을 가지고 있다.

이런 경험을 가지고 있는가 없는가에서, 지금의 어머니와 그 앞 세대의 어머니는 결정적으로 다르다.

이런 사람이 결혼을 한다. 별로 의문을 가지지 않은 채 어느 시기에 쉽사리 결혼한다. 그리고 뉴패밀리라는 등의 말을 들으며 마음 편히 살아가고 있지만, 그러는 가운데 어리석다는 느낌이 든다. 언제 돌아올지 모르는 남편의 식사 준비를 하고 있다 보면 화가 치밀어 오른다. 더욱 심각한 것은 화가 치밀어 오르는 것을 자기도 잘 모른다는 사실이다.

남편의 이동 때마다 뿌리 없는 풀처럼 이리저리 전전하는 생활을 하고, 남편이나 자식들을 위해 자기를 희생하고 있는 데도 어느 날 서류의 항목에는 '피부양자'라고 적혀 있는 것을 보고 깜짝 놀라는 아내도 있을지 모른다.

자기에게는 더 눈부신 세계가 있었던 것이 아닌가 하는 기분이 든다. 자기는 훨씬 훌륭하게 활동할 수 있었다고도 생각한다. 그런

참에 예컨대 동창생 여성이 사회적으로 활발하게 활동하고 있다는 등의 소문을 듣거나, 시나 소설을 써서 신문에 실리기라도 하면, 이번엔 정말로 분노가 치밀어 잠을 이루지 못하기도 할 것이다.

이런 여성들이 육아에 전념한다. 전념이라고 하기보다는 빠지는 것이다. 그것은 이제 옛날의 어머니와 같은 육아와는 당연히 다르다. 전업주부, 자식 키우기가 전업이 된 아내들의 소망, 후회, 원한, 그런 것들이 섞여서 자식에게 주입된다. 초등학교에서의 시험이나 중학교의 시험이거나 그녀들은 자기들이 단념하고 달성하지 못했던 사회적 야심을 자식에게 의탁하여 몸도 마음도 몽땅 바치는 것이다.

그런 자식이 대학에 들어가 버린 것이다. 이것은 바로 허탈이다. 자기의 생활은 밀쳐 둔 채 달라붙어 있었던 목적이 없어져 버린 것이다. 더욱이 자식이 부모에게서 떨어져 집을 떠나거나 집에서 다닌다고 해도 서클 활동과 친구 사귀기에 바빠 집에는 잘 들어오지 않게 된다.

그러면 이제부터 무엇을 하고 살아야 할지 몰라 망연해지는 것과 동시에 혼자 남겨져 버린 쓸쓸함이 엄습해 온다. 이것이 지금 볼 수 있는 어머니들의 신 5월병이다.

사실 자식 떼어 놓기는 어머니 혼자힘으로는 할 수 없다. 특히 남편이 소중하게 여겨 주지 않는 어머니에게는 무리이다. 하여튼 자식을 적게 두는 시대의 적적한 어머니는 중요한 육아의 일을 기꺼이 내놓아 버리고 싶을 리가 없다. 아니, 가슴이 쓰라려서 내놓을 수가 없다.

그리고 이런 자식 떼어 놓기의 아픔을 중화시켜 주는 것이 남편의 사랑이지만, 일에만 매달려 있는 남편, 본래의 남편과 아버지의 역할을 가정 안에서 하지 않는 남자가 많은 현재, 아내들은 좀처럼 자식 떼어 놓기를 할 수 없게 되어 있는 것이다.

어머니의 사랑이라는 이름의 속박

— 일란성 모녀

어머니가 자식을 사랑하는 것이 자식을 못쓰게 만들고 있는 현상이 있다. 자식이 '어머니라는 수렁'에 발이 붙들려 살려달라고 외치는 것이 병으로 나타나고 있는 것이다. 그들을 구조하는 것이 아버지인데, 그것은 밀착된 모녀 사이를 자르는 칼의 역할이라고 앞에서 말했다. 그렇게 밀착하여 자식 떼어 놓기, 부모에게서 떨어져 나가기를 할 수 없는 모녀의 전형적인 것이 '일란성 모녀'이다. 이것은 모녀가 하나의 캡슐을 만들고 있는 관계이다.

일란성 모녀는 쇼핑이나 여행에 언제나 모녀 둘이서 나란히 가는, 거리에서 흔히 보게 되는 친구 사이와 같은 어머니와 딸을 말한다. 얼핏 보면 매우 행복한 듯하다.

최근 아들과 딸 중에 어느 쪽을 원하는가 물으면 압도적으로 딸이라고 대답하는 어머니가 많다고 한다. 그 이유는 딸이라면 '친구' 가 될 수 있다고 생각하기 때문이다.

이 일란성 모녀는 또 예능이나 예술 관계에서도 가끔 볼 수가 있다. 딸의 피아노에 몰두하는 어머니라든가 바이올린을 든 딸을 보고 싶다고 열성인 어머니라든가 이런 모녀는 수없이 많다. 이른바 '매니저 어머니' 이다.

원래 어머니와 딸 사이라는 것은 심리적인 거리를 두기가 어렵다. 어머니와 아들이 되면, 어머니는 역시 아들의 남성을 느껴 멈칫하는 측면이 있다. 이성으로서의 자식을 느끼고 여기서 어떤 종류의 긴장감이 생기며, 마더 콤플렉스라고 불리는 관계가 만들어지지만, 딸과의 관계가 되면 어머니 쪽에서 이런 긴장은 생기지 않는다.

어머니에겐 딸은 자기 수족의 일부처럼 느껴지는 것이다. 딸은 다른 인격이며 또 하나의 마음을 가지고 있다고는 도무지 믿지 않으려는 사람이 있다.

특히 외동딸이나 장녀가 되면, 어머니는 마치 딸은 자기 몸의 일부이므로 자기와 똑같이 느끼고 있을 것임에 틀림없다고 생각해 버린다. 자기의 기쁨은 딸의 기쁨이고, 자기의 슬픔은 딸의 슬픔이라고 생각하기 일쑤이다. 딸도 어머니의 기분을 금방 알아차린다. 애증이 엇갈리면서도 좌우간 밀착되어 있다.

어머니 쪽에서는 성숙된 딸과 대등한 관계로 어울리고 싶다는 기분이 있게 마련이다. 그러나 이것은 부모의 에고이즘이고, 딸 쪽에서는 그런 어머니와 어울려서는 안 된다. "농담하지 마" 하며 어머니를 버리고 가버려야 하는 법이다.

딸은 어머니와 밀착함으로써 밖에서 자기의 고독을 채워 줄 교제 상대를 찾으려는 힘이 약해져 버린다. 그런 딸은 연애를 해도 왠지 함께 살지 못하는 연애만 한다. 처자가 있는 남자와 불륜 관계를 맺거나 결혼을 원하지 않는 남자와 질질 끄는 관계를 계속한다.

그리고 나서 딸은 다시 어머니 곁으로 돌아오고, 어머니는 다정하게 딸을 받아들인다. 결국 딸은 성인이 되어 밖으로 나가고 싶지 않게 되어 버리는 일종의 퇴행현상을 일으키고 있는 셈이다. 이것이 섭식 장애 등이 발병하는 원인을 만든다.

이런 일란성 모녀 사이를 자르는 것은 딸의 성욕이다. 이것이 어머니에 대해 비밀을 만들고 차츰 어머니와의 사이에 거리가 생겨, 딸은 어머니와의 융합이라고 하는 '쾌적한 감옥'에서 나와 결코 쾌적하지만은 않은 자기의 세계를 만들려고 한다. 이것이 건전한 성장인 것이다.

내가 하고 있는 워크숍에 온 어머니와 딸의 얘기이다. 그 어머니는 딸이 '신분이 다른 사랑'을 하고 있어 고민이라고 했다. 딸은 대학을 나와 큰 가전제품 회사의 기획부에서 한창 일하고 있다. 자랑스럽다며 흐뭇해 하고 있는데, 어느 날 느닷없이 고등학교밖에 안 나온 남자와 결혼하겠다는 바람에 당황해서 어쩔 줄 모르게 되었다는 얘기이다.

딸은 같은 회사의 도쿄대학 출신 엘리트 사원과 데이트하고 있었으므로, 어머니는 당연히 그 남자와 결혼을 기대했다. 그런데 상대는 엘리트 사원이 아니고 지방의 공장에서 3교대로 일하는 공원이었던 것이다.

사실상 일본에서는 학력이란 신분이다. 딸의 아버지는 은행원으로 이미 퇴직하고 재취업한 몸이다. 요컨대 극히 보통의 가정이다. 그런데도 신분이 다르다는 말이 나온다.

상대 남자는 차남이지만 어머니와 함께 사는 것이 이상적이라고 하므로 시어머니를 모시고 살 형편이다. 어머니로서는 엘리트와 결혼하지 않을 뿐더러 자기라는 어머니를 두고 다른 어머니의 딸이 되어 버린다며, 흥분해 울면서 딸이 미쳐 버렸다고 호소했던 것이다. 이때 신분이 다르다는 말이 튀어나온 것이다.

이 어머니는 아직 50대이다. "딸이 결혼하고 난 후의 당신 생활은 행복할 것 같습니까" 하고 물었더니 "그렇게 생각되지 않는다"라고 대답했다. 뇌졸증으로 쓰러진 시어머니를 모시고 있다기에 시어머니가 없으면 어떻겠느냐고 물으니, "그 사람과 함께 살기는 싫다"라고 대답하는 것이었다. '그 사람'이란 남편을 말한다. 이 여성은 남편과 거의 대화가 없는 모양이었다. 더욱이 딸은 자기의 형편을 잘 보고 있어 시어머니와 같이 사는 것을 싫어하리라고 생각하고 있었는데, 어째서 시어머니가 있는 집에 시집가려고 하는지 도무지 이해할 수 없다고 했다.

결국 어머니 자신이 자기의 생활을 부정하고 있는 것이다. 아마 그에 따른 불만이나 불행을 줄곧 딸에게 푸념하고 있었음에 틀림없다. 그런 의미에서 이 모녀는 이른바 일란성 모녀라고 할 수 있다. 어머니는 자기의 슬픔은 곧 딸의 슬픔이라고 생각하고 있기 때문이다. 딸이 그런 것을 듣고 어떻게 느낄까에 생각이 미치지 않았던 것이다.

결국 이 딸로서는 신분이 다른 결혼이라는 방법으로 밖에는 밀착된 모녀 관계를 끊을 수가 없었는지도 모른다.

한편 이 가정의 아버지는 흔히 있는 아버지로서, 요컨대 아내에게 모든 것을 맡기고 있다. 딸의 문제만 해도 "그런 남자는 말도 안 된다. 교제를 끊도록 하라"라고 말할 뿐이다. 아내에게서 "당신이 한번 가보세요"라는 말을 듣고 마지못해 상대 남자를 만나러 갔지만, "단념하라"고 말해 주고 돌아오려는데, 그 남자로부터 "제가 어떻게 하면 따님을 사랑하는 저의 마음을 이해해 주실 수 있겠습니까?"라는 말을 듣고는 아무 말도 하지 못한 모양이다. 결국 "너희들 맘대로 하라"는 식으로 움츠러 들어가 버린 것이다.

그리고 "이런 일은 곁에서 시끄럽게 굴수록 더 뜨거워지는 법이니 가만 놔두고 사태를 지켜보자"라고 말하면서, 결국 그후 아내의 혼란에 대처하지도 못한 채 그대로 놔두고 있다. 흔히 있는 아버지라고 할 수 있을지도 모른다.

일란성 모녀를 현대적인 풍속이라고 볼 것인가, 아니면 일종의 병리적인 현상이라고 볼 것인가에 대한 질문을 곧잘 받는데, 어쨌든 모녀란 원래가 융합하기 쉬운 관계이다. 그러므로 한층 더 양쪽이 거리를 두도록 노력해야만 된다.

이 거리 두기가 결국 되지 않은 모녀는 60세 어머니의 뒷바라지를 40세의 딸이 한다든가, 80세의 조금 노망든 어머니를 60세에 가까운 딸이 보살핀다는 상태가 되기도 하는 것이다.

딸의 인생을 망치고 있는 것과 동시에 어머니 자신도 딸이 곁에 없는 고독이라는 것을 맛보지 않음으로써, 그 고독이 이끄는 새로운 인생을 만들지 못한다. 긴 안목으로 볼 때 일란성 모녀는 결코 행복한 상태가 아니라고 생각한다.

— 아들을 감싸고 도는 '어머니'

어머니와 아들의 문제도 예를 들어본다. 이것은 매우 중요한 문제이다. 일본 사회가 전통적으로 질질 끌고와서 이젠 어떻게든 대처해야 된다고 생각하는 까닭은, 그것이 남자들과 어머니 간의 정서적인 근친간(近親姦)의 문제이기 때문이다.

건전하다고 일컬어지는 가족 안에서 자란 아들들의 대부분이, 내 자신도 포함해서 이 문제를 안고 있다고 생각한다.

이전에 나는 신문 칼럼에 '일본의 남자는 성장하고 있지 않다' 라고 썼다. 회사 같은 곳에서 성숙된 교제를 하자 라든가, 성숙된 사람으로서 생각해 보자고 말하는 대부분의 사람들이 '당신은 어른스러운 행동을 하고 있지 않다' 는 말을 들을 만한 사람뿐이다.

그 근본적인 요인은 그들의 어머니에게 있다고 본다. 즉 남자들이 어머니의 기대라는 새끼줄에 꽁꽁 묶여 진정한 의미에서 어머니의 애착에서 벗어나지 못했기 때문일 것이다.

원래 어머니는 여러 가지 의미에서 몹시 병들어 있다. 내 자신과 어머니의 관계를 생각해도 그렇게 생각된다.

국가나 일에 남편을 뺏겨 체념하고 있는 어머니들은, 자기 안의 펑 뚫린 공허감을 메우기 위한 훈련이나 하루의 생활을 자기 자신을 위해 즐기는 훈련이 되어 있지 않다. 그런 것은 자연히 몸에 배는 능력이 아니고, 훈련해서 자기 안에 만들어 가야 하는 것인데, 그녀들은 그런 훈련을 하고 있지 않다.

그래서 어떻게 하는가 하면, 어두운 얼굴을 한 채 자식기르기에 전념하고 있는 것이다. 또는 자녀에게 여러 가지 기대를 걸고 그 기대에 따르도록 몰아치면서 살고 있다. 내 경험으로 말하면 어머니는 눈으로 나를 몰아댔다.

어머니는 아들에 대해서는 일찍부터 이성을 의식하므로, 딸에 대한 것과 같은 융합 관계를 만들지는 않는다. 그 대신 이성을 의식한 나머지 지나친 뒷바라지를 하게 된다. 마치 남편에게 시중드는 것처럼 아들의 소망, 욕구를 간파하여 헌신한다. 이것은 일종의 봉사를 하고 있는 셈이지만, 다른 한편으로는 자기에게 복종시키는 독특한 조작이라고 할 수 있다.

말하자면 어머니는 아들에게 이렇게 한다. 아들이 가지고 있는 여러 가지 욕망을 재빨리 간파하여 그에 유사한 것을 주는 조작을 되풀이한다. 예컨대 목이 마르기 때문에 물을 마시고 싶다고 생각하는 것은 몸이 필요로 하고 있는 욕구이다. '마시고 싶다' 는 기분을 마음속에서 갈망의 형태로 하면 이것은 물을 마신다는 행위로

이어진다. 그러나 '마시고 싶다' 라고 생각을 하자마자 물을 주는 것과 같은 일을 하는 것이 어머니인 것이다. 특히 아들에게 그렇다. 딸에게는 어머니 자신이 지금 마시고 싶지 않으면 '참으라' 라는 식으로 대응한다. 그러나 아들에게는 얼른 물을 준다.

심지어 아들이 그때 냉수를 마시고 싶다는 생각을 하고 있어도, 어머니는 냉수는 배에 나쁘다며 미지근한 물을 내준다. 어머니의 가치관을 넣어서 주는 것이다.

"나는 냉수를 마시고 싶지, 미지근한 물은 필요없어요, 어머니" 하고 말할 수 있는 자식이 없기 때문에, 냉수 대신 미지근한 물을 마시는 것을 되풀이하는 가운데, 자기 안의 욕구를 행위로 변화시키는 기구가 이상해져버린다. 진정한 자기의 욕구를 스스로의 땀과 고통으로 충족시키는 것을 회피하게 된다. 대체로 진정한 욕구와 어머니가 제공해 주는 유사한 욕구 충족물의 구별이 애매해지고, 둔해지는 것이다.

이렇게 해서 욕구가 행위로 변화하는 과정의 본질을 모르는 아이가 되고, 나아가서는 삶의 감각이 둔해지고 마비되어, 마침내는 어머니의 서비스가 불가결한 악순환이 시작되며 아들의 사회성 발달은 저해되어 버린다.

사실은 학교에 가지 않게 되는 아이들 중 이런 아이가 많다. 자기 안의 안전감이나 안도감이 언제나 어머니밖에는 주어지지 않는다는 착각을 가지고 있어, 자기 자신의 사회화가 진행되는 과정에서 벽에 부딪히고 마는 것이다.

혹은 사춘기의 욕구가 성적인 색채를 띠기 시작했을 때, 이 관계는 파탄에 직면하게 되고 진정한 욕구에 부응하지 못하는 어머니가 아들의 폭력 대상이 되기도 한다.

그러나 학교에 가기 싫다고 자기 주장을 할 수 있는 아이와 폭력이라는 형태를 나타내기는 하지만 어머니의 우리에서 탈출하려고 하는 아이는 아직 괜찮다. 곧 회복될 실마리가 보인다. 문제는 자기 주장을 하지 않고 착한 아이로서 어머니의 극진한 뒷바라지를 계속받는 아들들이다.

이런 모자 관계는 아들과 그 아내와의 관계를 매개로 해서 다음 세대에 계승되는 구조를 갖고 있다. 아들이 성인이 되면 어머니의 마음에 드는 아내를 얻고, 그 아내도 역시 어머니 같은 보살핌을 하게 되는 것이다. 어머니는 며느리에게 아들을 부탁하면서 이렇게 말한다.

"이 아이는 매우 중요한 일을 하고 있으니 집안일 같은 것으로 머리 아프게 시키지 말고 직장 일에만 전념할 수 있도록 해주어라."

이 대사는 내가 창작한 것이 아니다. 내가 치료에 관계하는 청춘 남녀의 부모에게 자신들의 결혼에 대해 물었을 때, 시어머니에게서 들은 이 말을 되풀이해서 하고 있는 것이다.

이렇게 해서 아내는 남편의 어머니에 지지 않는 완벽한 어머니 노릇으로 남편을 대한 결과, 미지근한 남자는 더욱더 미지근한 물속에 잠기게 되어 아내나 어머니의 뒷바라지가 없이는 생활 할 수 없는 남자가 되는 것이다.

이런 성인 남자는 실로 많이 있다. 양처라든가 현모라는 말을 한

번이라도 들은 여성은 대개 이런 보살핌을 남자에게 베풀고 있다.

어머니의 미지근한 물만 줄곧 마신 결과, 어머니 이외의 사람과는 아무것도 할 수 없게 되버린 사람도 있다. 이른바 정서적인 근친간으로 부부적인 모자를 말한다. 아들은 언제나 어머니를 생각하고, 어머니는 늘상 아들을 걱정하고 있다.

기분 나쁜 얘기이지만, 이 정서적인 근친간에 빠져 있는 마더 콤플렉스의 남자 아이와 보통 남자 아이의 차이는 많은 사람이 생각하는 것처럼 그다지 크지 않다고 생각한다. 어머니의 미지근한 물을 거부하고 "내가 원하는 물을 마시겠다"라고 자기가 욕구하는 가까운 것을 선택하는 아이는 매우 적기 때문이다. 하여간 많은 남자 아이들은 이런 식으로 성장하고 있다고 할 수 있다.

여기서 '일본의 어머니'가 세계에 어떻게 이미지되어 있는가를 소개해 두고자 한다.

코딜이라는 유명한 학자가 연구한 일본과 미국의 비교 조사에 의하면 '미국과 유럽의 어머니에 비해 일본의 어머니와 아들은 물질적 · 심리적으로 긴밀하다' '거리가 가깝다' '모자가 일체적이다'라고 되어있다. 여기에서 코딜은 더 나아가 '서로에게 공감도가 높은 상호 의존적인 관계이다'라고도 쓰고 있다.

그 하나의 예로서, 아들이 나쁜 짓을 했을 때 어떻게 나무라느냐는 질문에 어머니의 대답을 상징적인 것으로서 다루고 있다. 이것은 전문적으로 말하면 일탈 행동을 통제할 때의 방법인데, 미국 어머니의 경우는 부모의 권위를 정면에서 내세우고 '명시적으로 지시하고 명령한다' 는 것이 가장 전형적인 것이라고 한다. 명시적이라는 것은 '오른쪽이 아니야 왼쪽이야' 라든가, '더럽혀서는 안 된다' 라든가, 분명히 지시하는 방법이다.

이에 비해 일본 어머니의 경우, 코딜은 '직접 명령하지 않고, 개인의 기분이 작용해서, 아들로 하여금 공감함으로써 어머니가 말하고자 하는 바를 짐작하도록 하는 방법이 극히 많다' 라고 지적하고 있다. 이 점은 우리로서도 분명히 짚이는 데가 있다.

물론 일본의 어머니도 명시적으로 지시하는 경우가 있다. 그러나 한숨을 내쉬면서 아들이 반성하도록 하는 편이 역시 많은 것 같다. 이것은 "정말 이젠 사는 것이 싫다"라고 하면서 무거운 한숨을 내쉬거나 해서 아들이 "아, 어머니에게 나쁜 짓을 했구나. 이런 일은 두 번 다시 해서는 안 되지" 하고 생각하도록 아들의 공감에 호소하는 방법이다.

이 방법에는 폐해가 있다.

이런 공감적 메시지로 해나가면, 우선은 타인의 기분을 추측해서 그에 따르려고 하는, 타인 배려가 강화되어 버린다. 즉 이 경우에는 어떻게 해야 할지 먼저 다른 사람의 생각을 읽고, 그것을 바탕으로 자기의 행동을 결정하게 되는 것이다.

이 행동 형태는 이른바 조숙한 아이적인 행동이라고도 할 수 있는데, 의존적인 관계의 특징이다. 어머니와 아들의 관계에서는 다소간에 서로 의존적인 경향이 보이게 마련이다.

아무튼 어머니는 특히 우리 세대의 어머니들은 아들에게 "이런 사람이 되어주었으면 좋겠다"라든가 "이렇게 해주었으면 좋겠다"라고는 별로 말하지 않는다. 아들 쪽에서 어머니가 기대하는 바를 추측하는 것이다.

결과적으로 어머니는 아들에게 말하지는 않았지만, 아들을 확실하게 지배하고 있는 셈이다. 그런 속에서 어머니들이 바라고 있는 것은 대개 넓은 의미에서의 입신출세이다. 아이 시절에는 학교의 성적이며, 어느 학교에 들어가는냐 하는 경쟁에서의 승리이다. 이 '입신출세 코스' 를 타고 있을 때 아들은 생기가 넘쳐 있다. 왜냐하면 어머니가 싱글벙글하고 있기 때문이다. 그러나 여러 가지 이유로 거기에서 벗어나면, 아들은 부모에게 '미안하다' 는 생각을 갖게 된다. 학교 성적이 나빠지면 어머니는 어두운 얼굴을 하고 한숨을 내쉰다. 여기에서 내가 지적해 온 미안하다는 의식의 망상이 시작된다.

그런데 왜 어머니는 아들에게 입신출세를 기대하는가 하면, 그것을 통해서밖에 자기 표현을 할 수 있기 때문이다. 자기의 꿈이나 야심 전부를 자식, 특히 아들에게 의탁하고 있는 것이다. 우리 집 근처에 S기념관이라는 건물이 있고 그 앞에 동상이 서 있다. 그것은 한 발을 들어 계단을 올라가려고 하고 있는 노인의 등에 노파가 바짝 붙어 있는 기분 나쁜 동상이다. 일본에서는 이것이 이상적인 모자 관계의 모델이 되어 있다.

모든 사람의 영웅이 된 아들의 등에 걸을 수 없게 된 헌신적인 어머니가 달라붙어 있는 것이다. 이런 종류의 '업히는 요괴' 노릇을 많은 어머니들이 하고 있다. 그리고 '업히는 요괴' 를 언제나 등에 지고 살아가고 있는 것이 아들이라고 나는 생각한다.

자녀를 구원하는 아버지

사람은 자기 자신이 만들어 낸 것의 양육(육아도 그 하나)을 통해 정신적 발달의 마지막 단계를 밟는다. 그것이 학설이건 예술 작품이나 기업 조직이건 그리고 자식이건, 그것들을 사랑으로 양육할 때, 지금까지 자기의 마음속에 보이지 않았던 것을 보고, 느끼지 못했던 것을 느끼며 양육할 수 있는 것이다.

양육하는 일은 당연히 많은 것을 우리에게 가르쳐 주는데, 자기가 만들어 낸 것은 자기 자신이 아니라는 점을 아는 것이 중요한 것 중의 하나이다. 다시 말하면 사람은 자기가 만들어 낸 것에 속박당하고, 때로는 배신당한다. 만들어 낸 것의 어려운 처지나 일탈을 걱정하고 고민한다. 그러나 만들어 낸 것과 자기와의 거리를 깨닫지 못할 때, 이런 것들에 분노하고 유린하고 무시한다.

수렁에 발이 붙들려 도움을 청하고 있는 자녀의 모습이 보이는가? 보려고 하지 않으면 자식의 어려운 처지는 보이지 않는다. 들으려고 하지 않으면 구조를 청하는 절규도 들리지 않는다. 그러나 이런 것이 보이고 들렸다고 한다면 그땐 어떻게 할 것인가.

자녀를 구원하는 아버지, 구원할 수 있는 아버지란 어떻게 행동하는 아버지를 말하는 것일까.

— 등교 거부와 두문불출

등교 거부가 문제로 되기 시작한 것은 1970년대 중반 무렵이었다. 일부의 우수한 인재를 육성한다는 문부성 관리의 책상에서 시작된 정책은 부모에게 자녀를 학교에 보내지 않으면 뒤떨어 지고, 어떻게든 엘리트 계층에 들어가야 한다는 생각을 갖게 해서, 차근차근 국민 속으로 침투되어 갔다. 이 정책과 병행해서 등교 거부라는 것이 문제화되었다고 생각된다.

이 무렵 정신과 의사나 심리치료사들은 이 문제를 어떻게 해달라는 말을 듣고 당혹했다. 정신과 의사들은 정신 분열증의 초기라든가, 아이들의 우울증이라든가, 뇌파 리듬의 이상이 아닌가 하며 엉뚱한 말을 했지만, 다른 한편에서 나온 것이 요트 스쿨이다.

아이들에게 요트 훈련을 통해 현실세계의 스릴을 맛보게 해준다는 이치이다. 거꾸로 말하면 스릴이 없는 생활이 아이들의 정서를 관장하여 생명의 기쁨을 느끼는 부분을 약하게 만들고 있다고 요트 스쿨 운영책임자는 말했다.

널판지 한 장 아래는 지옥인 곳을 걸어서 벼랑까지 돌아오라는 것은 매우 좋은 훈련이라고 생각한다. 다만 그것을 아이들이 흥미를 느낄 수 있을 만큼 즐겁게 가르쳤으면 좋았을 것을, 가혹하게 다루었기 때문에 잘못된 것이다. 직관적인 아이디어는 좋았지만 방식이 지나치게 거칠었다.

프로이트는 1930년의 『문화 속의 불만』이라는 논문 속에서 욕망의 단념을 통해 문화는 만들어져 왔다고 쓰고 있다. 그러나 현대의 아이들은 생명체처럼 지니고 있는 갖가지 기쁨이나 고통을 느끼지 못하고 도시 문명 속에서 살고 있다. 예부터 우리의 안에 깃들어 있는 생명체인 감각이 마비되어 있는 것이다. 그래서 그런 감각을 부활시키는 연구를 하는 것이 필요하다.

당시 요트 스쿨을 제재하자 많은 부모들이 요트 스쿨에서 정신 병원으로 아이들을 옮겼다. 그러나 아이들을 받아들인 정신 병원은 무슨 심산이었는지, 그것도 단단히 문제삼아야 된다고 생각한다.

등교 거부 문제의 얘기를 다시 계속한다.

같은 세대의 아이들이란 파워 게임 속에 처넣어진 느낌으로 학교에 다니고 있다. 파워 게임은 남자 아이의 경우라면 근육 · 지력(知力)에 관한 게임이 많지만, 여자 아이의 경우는 친밀도 경쟁이라든가, 교사와 어느 만큼 가까워질 수 있는가, 친구는 몇 명인가 하는 대인 관계 쪽이 중요하다. 그래도 경쟁은 경쟁인 것이다. 그 중에서 무시당한다고 할까 그룹에서 배제되는 일이 생기는데, 그것을 견뎌낼 수 있는 아이들만이 있는 것은 아니다. 특히 중학생쯤 되면 경쟁은 치열하다. 어떤 부분에서 이기고 있지만, 어떤 부분에서는 지고 있다는 균형 감각이 발달되지 않으면 해져나갈 수가 없다.

특히 집 안에서 언제나 승자라는 체험을 시켜 두면 매우 고통스럽게 된다. 부모의 기능에는 '욕구 불만을 준다' '한계 설정을 한다' 는 것이 있다고 제1장에서 말했지만, 이것을 받지 못한 과보호의 아이일 경우 욕구의 제한을 알지 못한다.

욕구 중에는 다른 사람과 친밀하고 싶다는 것도 있지만 다른 사람을 지배하고 싶다는 것도 있어, 이런 것들에 대한 통제가 잘 되지 않으면 밖으로 나갔을 때 괴로워진다. 또 이런 아이는 학교에는 가야 한다고 아무리 논리적으로 타일러도 그에 대응할 수 없다.

하고 싶은 것을 늘 억제하지 않으면 살아갈 수 없다든가, 인생이란 그런 것이라는 사실을 어떻게 전해 줄 것인가는 부모의 일 중 중요한 일부이지만, 지금의 아이들은 부모의 왕자님, 공주님이 되어 있기 때문에, 이것이 억제되지 않는 것이다.

등교 거부가 시작된 뒤부터의 대처 방법에 대한 것인데, 원래 등교 거부 문제에는 전문가가 없다는 점을 알아야 한다. 등교 거부에 대해 곧잘 말하고 있는 사람은 대체로 그런 기회가 있기 때문에 입을 놀리고 있는 것이지, 무언가 효과적인 것을 말하고 있는 것은 아니라고 여기는 편이 좋다. 그들이 말하고 있는 것 중에서 유일하게 옳다고 생각되는 것은, 그토록 무리하면서까지 학교에 가지 않아도 된다고 하는 것 정도이다.

지금의 부모들은 평소 부모 기능의 중요한 부분(특히 한계 설정)을 교사에게 맡겨 버리는 습관이 몸에 배어 있어, 등교 거부 · 두문불출이라는 사태가 되어도 학교에 의존하기 일쑤이다. 그리고 그것이 효력 없다는 것을 알게 되면, '전문가'라고 일컬어지는 정신과 의사나 심리치료사에게 의지하려고 한다.

그러나 이 시점이 바로 부모들이 깊이 생각해야 할 때이다. 모자 융합의 수렁에 아들을 끌어들였던 어머니는 이 시점에서 아들과의 거리를 두는 방법의 요령을 터득해야 할 것이다.

그리고 이제 자식을 어머니에게만 맡겨 온 아버지가 나설 차례이다. 자식이 도대체 무엇을 생각하고 있는지, 어머니와는 다른 면에서 들어 보아야 한다. 어머니의 하청을 받아 등교를 강제하거나 학교와 연락을 취하거나 하는 것만으로는 모처럼 나선 기회를 유효하게 쓸 수가 없다.

등교 거부는 대부분의 경우 기분이 나쁘다거나 머리가 아프다거나 몸이 나른하다는 등 신체적인 증상을 호소하는 데에서 시작된다. 이럴 때는 충실하게 일일이 들어서 필요하다면 의료 기관에 연결시켜야 한다. 거짓말을 하고 있다든가, 방편으로 삼고 있다는 등 지레짐작해서 무시하면 화근을 남긴다.

다른 하나는 정말로 신체적인 조치가 필요한 경우도 있기 때문인데, 검사는 철저히 하는 것이 좋다. 그리고 또 하나는 아버지가 병원에 데리고 다니는 것 그 자체가 자식과의 접점이 되기 때문이다.

다만 자식들의 이런 호소는 기분이 나쁘니 먹을 수 없다든가, 체력이 약하다는 것으로 이어져 마침내 이런 자신은 어떻게 살아가야 하나 하고 장래의 불안을 투덜대는 것이다. 그러면서 부모의 양육 방법이 나빴다며 생트집을 잡아 어머니에게 폭력이 시작되는 케이스가 많다는 것을 명심해야 한다.

폭력이 시작되면 어머니를 피하게 할 필요가 있다.

사실 어머니가 피해 갈 만한 가장 적절한 장소는 먼 친척보다는 가까운 타인이다. 이것을 계기로 이웃 사람들과의 대화를 열 수도 있을 것이다. 폭력이 더욱 심하게 될 경우, 다른 집 사람을 부르거나 혹은 다른 집으로 피해가서 거기에서 구조를 요청하는 전화를 한다는 등의 필요가 생길 수도 있다.

이렇게 해서 폐쇄적인 가족 관계 안에 외부인이 들어오면 자식의 행동에 여러 가지 변화가 일어난다. 현대 핵가족의 가장 큰 문제는 이 폐쇄성과 응집성에 있기 때문이니, 자식의 폭력을 계기로 가정의 벽이 갖는 의미를 다시 생각해 보아야 한다.

등교 거부와 같은 문제를 안고 있는 가족, 특히 아버지끼리의 만남이 유효하다. 같은 지역의 '등교 거부 학생의 모임' 같은 곳에 모이는 부모란 대부분이 어머니인데, 아버지들이 연대를 갖고 도시락을 손수 만들어 등산을 한다거나 아이들의 생명력 활성화를 도모하는 갖가지 행사를 계획하는 것이 좋다. 그런 만남을 통해 도리어 등교 거부 아이를 가짐으로 얻을 수 있는 기쁜 체험을 할 수 있게 될지도 모른다.

등교 거부 아이들을 보고 있으면, 주변의 아이들이 '이런 형편없는 아이들과는 어울릴 수가 없겠구나' 라는 의식을 부모는 가진다.

대체로 자식 기르기에 실패한 부모는 지금의 학교는 문제가 있으므로 가지 않는 편이 정상이라는 의견을 말하는 경향이 있다. 역설적인 얘기이지만, 학교에 가지 않는다는 것 그 자체가 스릴이 있다는 것이다. 생명에 관련된 스릴이 아니지만, 아이들로서는 스릴을 느끼고 있는 셈이며 그런 것을 체험하고 있는 아이들끼리는 일종의 도착된 엘리트 의식이 있는 모양이다. 자기는 다른 일반 아이들과는 다른 의식을 갖고 있다는 것이 지금의 아이들에겐 대단히 중요한 일이다.

그러나 그런 식으로 떠다니는 배를 강변에 묶어 놓는 것이야말로 부모의 역할이 아닌가. 어디까지나 아이들의 언동에 너무 말려들지 말고, 될 수 있는 대로 여유를 가져야 하겠다.

등교 거부 다음에 난폭한 행동이 나온다고 말하는 것은, 실제로 난폭하게 굴기 시작했을 때, '그렇군, 역시 난폭하게 굴게 되는데' 하고 반추해서 볼 수 있지 않을까 생각하기 때문이다.

이때 부모가 무엇인가 해야 할 때라는 의식으로 대처하는 것이 좋다고 생각한다. 사립 중학교에 들어가자마자 등교 거부를 시작한 아이의 가정에서 아버지가 아이의 문제에 대해 매우 적극적으로 대처하였기에 부부사이가 좋아졌다는 케이스도 있다.

— 비행에 빠졌을 때

여기서 말하는 비행이란 공격성이 가족 내에 한정되지 않고 밖으로 미치는 경우를 말하는데 특히 반사회적 행동, 즉 범죄로 치닫는 아이의 경우는 두 가지가 있다.

첫째는 어릴 적부터 보모를 애먹이거나, 8~9세 때에는 학교나 아동관에서 난폭하게 굴거나 이른바 문제아로 성장하여 연령이 높아짐에 따라 한층 더 반사회성을 띠는 경우이다.

둘째는 줄곧 우등생이었지만 어느 때부터 오락실 같은 곳에 가서 같은 또래의 약한 아이을 갈취하게 되는 경우로, 어느 시기까지 부모는 전혀 눈치조차 채지 못한다는 케이스가 많다.

이 두 가지 예는 의미가 상당히 다르지만, 이런 종류의 비행을 하는 아이가 자란 가정도 크게 두 가지로 나누어진다. 하나는 부모 자신이 반사회적인 생활을 하고 있는 가정이고, 또 하나는 규범이 너무 엄격하여 오히려 부모의 공격성이 만연되고 있는 가정이다. 그런 양극의 가정이 있어, 그 사이에는 갖가지 케이스가 있다고 할 수 있다. 여기서는 후자에 대해 생각해 보기로 한다.

한 가지 예를 소개한다.

아버지는 고등학교 교사이고 어머니는 중학교 교사로, 대단히 엄격한 가정교육을 하고 있는 가정이다. 약간은 폭력적이라고도 할 수 있다. 이 어머니 자신이 남자 형제가 없었던 만큼 자기 아버지로부터 유도 등으로 단련받은 적도 있어, 아들과 딸을 마구 때리는 방법으로 가르쳐 왔다. 아무튼 무서운 어머니였다.

장남은 다른 지방에서 대학을 다닌 후 도쿄에 취직이 되어 부모 곁에는 오랫동안 돌아오지 않고 있다. 문제가 되어 있는 것은 차남으로, 고등학교 2학년 때 백지 답안을 낸 것이 계기가 되어 문제가 표면화되었다.

백지 답안을 낼 당시, 어머니는 『아들을 일등으로 만드는 법』이라고 하는 책을 사서 온 집안이 그 저자가 운영하는 합숙소와 같은 곳에서 집단 훈련을 받았다고 그후 차남은 본격적으로 학교에 가지 않고, 낮에는 목수의 견습을 하다가 정시에 출퇴근하는 곳으로 옮기자, 이내 부모에 대한 폭력이 시작되었다.

그때까지 이 아이는 집에서는 거의 말이 없었고, 선량한 아이라고 여겨져 있었다. 난폭해질 때까지는 부모의 폭력에도 견디고 있었다. 그러나 사실 대단히 이중성이 있는 아이여서, 초등학교 고학년 무렵부터 같은 학급의 약한 아이들에게서 갈취를 하고, 그 돈을 오락실에서 쓰고 있었던 것이다. 도둑질도 하고 있어 어엿한 비행소년이었지만, 부모는 전혀 모르고 있었다.

현재 스물 살로 도쿄에 살고 있으며 매일 나에게 다녀가는데, 예전의 동급생과 얼굴을 마주치는 것이 두려워 고향에 돌아가고 싶어도 갈 수 없다고 말하고 있다. 체격이 크고 듬직하지만, 다른 사람이 자기를 대하면 불쾌하게 느낀다고 굳게 믿고 있어, 일종의 대인 공포에 빠져 있다.

그것은 어릴 때 아이들의 중요한 성장 요건인 부모에게 인정받는다든가 자기는 그대로 사랑받고 있다는 체험을 가지지 못하고, 언제나 엄격한 판정자의 눈에 노출되어, 자기라는 아이는 부정되고 있다고 줄곧 느껴온 결과라고 생각한다.

사실 이 어머니 자신이 부모로부터 인정받았다는 느낌이 없고 사이가 나빠 고통스러웠다고 말하므로, 안심하고 있을 수 있는 장소를 가져 보지 못한 사람이었던 것이다. 아버지로부터는 아들이 아니라서 미움을 받았고, "좋은 남편을 만나는 것이 네가 할 일이다"라는 말을 들어 왔다고 한다. 그래도 착실히 공부하고 유도도 배우면서 일류 대학을 나온 뒤 고향에 돌아와 교사가 되었다. 부모가 말한 대로 해온 딸이었다.

결혼한 뒤에도 부모의 집 부지 안에 살고 있는데, 아버지와 사이가 나쁜 어머니는 언제나 딸 집에 와서 지내는 환경 속에서, 중학교 교사인 이 어머니는 자식에게 대해 '엄격한 가정교육' 이라는 미명하에 폭력을 휘두르며 가르치고 있었다. 그러나 이 교사 부부가 부모 집 부지를 떠나 새로 집을 지은 무렵부터, 차남이 부모에게 폭력을 시작했다. 부모가 간신히 지은 오붓한 새 집을 부수기 시작한 것이다.

이런 경우 어떻게 해야 좋은가, 우선 부모 쪽의 문제를 제대로 인식해야 해결의 실마리를 잡아야 힌다. 부모 자신이 자식을 받아들일 수 없었던 것을 반성하고, 왜 그런 양육밖에 할 수 없었는가를 여유를 갖고 되돌아보아야 한다.

이 어머니 자신이 불행했기 때문에 자신을 용납하지 못했던 것이지만, 우선 어머니 자신에게 관대해지는 것이 중요하다. 그런 토대 위에 자녀와의 관계를 정립하지 않으면 근본적인 해결을 할 수가 없다. 임시방편적인 대처로는 의미가 없는 것이다.

이 작업은 끈기 있게 여유를 가지고 노력하지 않으면 안 된다. 나는 우선 부모를 폭력자녀로부터 격리시켰다. 그 동안 어머니는 나에게 와서 가정에서 겪었던 폭력적인 분위기를 '동료' 들에게 되풀이해서 얘기했다. '동료' 란 똑같이 자녀의 폭력으로 고민하는 부모들을 말한다.

동료들의 격려로, 이 부모들은 무리한 해결방법을 택하려다 문제를 더 복잡하게 만들거나, 절망 끝에 극단적인 방법을 생각하지 않아도 되었다.

부모가 집을 나간 지 한 달, 차남은 스스로 어머니가 다니고 있는 내 진료소에 아버지와 함께 찾아왔다. 상경한 이래 장남은 한 번도 고향에 오지 않았다.

처음에는 "내가 당한 것처럼 당신들을 죽이겠다"는 전화가 부모에게 빈번히 걸려 왔지만, 1년 가까이 지난 무렵에는 그런 일도 없어졌다. 지금은 1~2개월에 한 번 부모 다른 친척과 자리를 함께하는 가족면접을 할 수 있게 되었다.

그런 동안 아버지도 어머니도 거칠게 구는 차남의 협박에 애정을 가지고 대하면서 비판 같은 것은 전혀 입에 담지 않고 필요하면 사과를 했다. 이렇게 해서 한때 잃어 버렸던 따뜻한 부모 자식의 관계를 세 사람이 다시 구축한 것이다.

이 무렵부터 아버지는 어머니와는 다른 각도에서 아들을 보고, 다른 접근 방법을 택하려고 결심하였다. 그는 그때까지 아내가 말하는 대로 자식을 꾸짖어 왔다. 아내의 눈을 통해 자식을 보고, 아내의 지시에 따라 자식을 몰아붙였던 것이다. 차남의 가정 내 폭력으로 인하여 아버지는 자신의 진정한 역할을 되찾는 계기가 되었다고 할 수 있다.

— 물건을 훔쳤을 때

중학생 집단의 물건 훔치기에는 게임과 같은 특징이 있어, 친구들과의 일체감 같은 이른바 조직폭력배처럼 공통 목표로 뭉쳐있다. 이 나이의 아이들에게는 소위 친밀성이란 것이 중요한 과제이다.

부모와 밀착되어 있으면 친구들과 어울릴 수가 없다. "넌 형편없어!"라는 말을 친구들에게서 듣는다. 부모에게 착한 아이이기 보다는 부모에게서 떠나 친구들에게 받아들여지는 편이 중요한 것이다. 그리고 그런 친밀성의 확인을 위해 물건 훔치기라는 집단 행동이 이용된다. 그들은 반사회적인 일을 하고 있다는 동일 가치관으로 뭉치고 있는데, 이 근본은 어디까지나 친밀성의 추구이다.

이런 그룹의 멤버에는 적어도 세 가지 타입이 있다.

하나는 확신범 타입이다. 그들은 자기들 속에 끓고 있는 분노를 스트리트 헌팅이라는 형태로 발산시키고 있다. 그 가정도 붕괴 가족의 비율이 높고, 일부는 조직 폭력배의 말단에 연계되어 있기도 한다. 여고생을 콘크리트로 발라 버린 사건을 일으킨 소년들의 리더도 이 확신범 타입이라고 할 수 있다.

당시 패거리가 자주 모인 곳은 이 집단의 가장 나이 어린 소년의 집이었는데, 이 가정은 부부 관계가 별로였고, 아들의 가정 내 폭력을 두려워한 아버지는 방에서 나오지도 못했다고 한다. 전에는 아버지가 아들에게 폭력적인 체벌을 가하고 있었지만, 아들이 폭력을 휘두르게 되면서는 일절 그런 체벌을 못하고, 말하자면 한계 설정을 하는 아버지가 부재인 집이 되어 있었다.

두 번째는 이런 확신범적인 아이의 부하가 되는, 이른바 끄나풀 역할을 하는 아이이다. 이런 아이들은 자기에게 자신이 없고 자기 평가가 낮아 다른 아이들과 친밀한 관계를 가질 수 없다고 생각하고 있는 아이이다. 이런 아이들은 그룹에 넣어 달라고 찾아오는 것이다.

훔칠 물건의 리스트를 건네받아 훔쳐 오라는 명령에 움직이거나 본드나 신나로 환각 놀이를 할 때는 망을 보는 역할을 하는 등 노예처럼 봉사하는 아이들로서 점점 더 자기 평가는 낮아지지만, 그 아이들의 입장에서는 필사적인 것이다. 그 집단에서 제외되어 버리면 친구도 갈 곳도 없어지기 때문이다.

버림받는다는 불안감을 부모에게서만 아니고 만나는 사람에게 차례차례로 가지기 쉬운 사람이 있는데, 두 번째 아이가 바로 그런 타입이다. 그러므로 부모에게는 철저하게 숨기지만, 이웃 아주머니에게 들켜 버리기도 한다.

세 번째가 극히 보통의 가정에서 자란 아이인데, 이런 패거리에 흥미를 갖고 따라가는 아이들이다. 반사회적인 집단의 주변을 맴돌다가 조금 눈에 들어, 패거리에 들어오면 집단을 위해 한몫할 것 같아 유혹을 받는 것이다. 이 아이들은 담력을 시험받는 느낌으로 참가한다. 이런 타입이 많은데, "우리 집 애가 설마" 하는 것이 이 케이스이다.

첫 번째와 두 번째 아이들에게는 이런 목적 집단이라는 패거리가 필요하다. 두 경우에는 학교폭력의 가해자와 피해자 관계가 완결되는 수도 있다. 이에 비해 세 번째의 아이는 거의 그럴 필요를 인정하지 않는다고 할 수 있다.

그들 대부분은 집안에서 어머니를 '당신'이라고 부름으로써 충분히 반사회성을 발휘하고 있으므로, 학교에서는 눈에 띄지 않는 얼핏 보아 온순한 아이가 되어 있는 편이 마음편한 것이다.

세 번째의 아이는 일시적인 기분으로 한 번으로 끝나는 경우도 있고, 그대로 질질 끌려가며 집단에 들어가 버리는 케이스도 없지 않다.

이처럼 절반은 호기심에서 이 집단에 참여했지만 반사회적인 것이라는 것을 알자 빠져나갈 수 있는 아이와 점점 더 빠져 들어가 버리는 아이가 있다. 어떤 아이가 빠져들어가는가 하면, 결국은 가족 안에서 친밀성을 만드는 능력이 훈련되어 있지 않은 아이들이다.

이미 말한 것처럼 자기를 높이 평가하는 아이는 당연히 자기는 인정받을 수 있고 사랑받고 있다는 자신을 가지고 있다. 그런 아이들은 반사회적인 일이 싫다고 생각하면 곧장 하지 않는다. 그렇지 않아도 다른 아이들과 어울릴 수 있기 때문이다.

그러므로 자식이 집단으로 남의 물건을 훔쳤을 때 부모는 놀라겠지만, 화를 내기보다는 우선 사정을 잘 들어 봐야 한다. 자기 자식이 어느 타입인지 분간할 필요가 있는 것이다.

세 번째의 타입이라고 생각되면, "네 자신을 믿으라"고 단단히 일러두는 것만으로 충분할 것이다. 첫 번째와 두 번째의 타입이라면 부모만의 힘으로 해결하기는 무리이다. 부부 관계 그 자체에 대해 제3자인 전문가의 지시나 조언이 필요하다.

문제는 누가 아이와 얘기할까 하는 것이다. 어머니인가 아버지인가. 대부분의 경우 아버지는 여기에서 제외되어 버린다. 아이들 쪽에서 "아버지는 빠져 주세요"라고 하는 경우도 있고, 어머니가 남편의 원조를 필요로 하지 않는 경우도 있을 것이다.

자칫 섣불리 남편에게 얘기했다가는 문제가 더 복잡해진다고 생각하는 어머니도 있다. 이런 국면에서 그때까지 있은 부부간 대화의 질이 문제가 된다.

확실히 그때까지 자식에게 아무런 관심도 보이지 않던 아버지에게 이런 복잡한 문제를 던져 보았자 아무런 소용이 없을지도 모른다. 그러나 기가 죽은 자식, 어두운 얼굴을 하고 있는 아내를 앞에 두고서도 언제까지나 아무런 의논도 하지 못하는 아버지나 남편이 되어 있어서는 안 된다.

자식을 직접 대하는 것이 망설여지면, 우선 아내의 고민을 해결해 주도록 노력해야 한다. 내가 할 수 있는 일은 없느냐하고 물어보는 것이다.

자녀의 비행을 계기로 부부 관계가 개선되는 것은 결코 드문 일이 아니다.

— 학교폭력의 피해자가 되었을 때

학교폭력의 가해자이건 피해자이건, 이것은 아이들의 자존심에 관한 문제이다. 저변에 흐르는 공통된 의식은 자기 평가와 자존심인데, 아이들의 자존심을 우습게 여겨서는 안 된다. 중학생 정도가 되면 자존심이 상당히 커져서 바람이 불어도 아픔을 느끼는 상태이다. 아이들의 명예라는 것을 소중히 해주지 않으면 안 되는 것이다.

사춘기는 10세 쯤에 시작되고, 초등학교 5~6학년이 되면 자존심이라는 측면에서는 어른 이상으로 엄격한 숙녀나 기사가 되어 있다.

그런 연령의 아이들이 학교에서 다른 아이에게 매를 맞는다거나 처참하게 노예 취급을 받고 있다고 부모에게 털어놓을 리가 없다. 그런 것을 말하지 않는다는 것을 전제로 생각해야 된다.

부모가 알아차리는 것은 찢겨진 옷이라든가 소지품에서이다. 대개의 경우 학교폭력을 당하면 맞은 흔적이 남기 때문에 몸을 보여주지 않게 된다. 그럴 때 아무리 집요하게 물어 봐도 본인은 아무 말도 하지 않는다. 다만 언뜻 사인을 보내고는 있다. "아버지, 산다는게 뭐예요" 따위의 말을 하는 것이다.

학교폭력은 여러 아이가 한 아이를 괴롭히고 있는 것처럼 보이는 경우에도, 본질적으로는 두 사람 관계의 문제이다. 괴롭히고 괴롭힘을 당하는 두 사람 사이 힘의 격차가 그 핵심이 되어 있다. 힘을 가진 쪽이 괴롭히고 힘이 없는 쪽이 괴롭힘을 당하는 게임인데, 이 힘의 결손은 괴롭힘을 당하는 아이에게 공통되어 있다.

힘을 빼앗긴 아이는 자기의 힘을 확인하지 않으면 살아갈 수 없기 때문에, 자기보다 약한 아이를 찾게 마련이다. 그러므로 학교폭력의 피해자는 다른 경우엔 가해자가 될 수도 있고, 그 반대의 현상도 생기는 법이다.

자존심이 강한 아이, 정말로 힘이 있는 아이는 남을 학대하지도 않으며 학대받지도 않는다. 자존심이란 한마디로 말하면, 몇 차례 썼지만 "나는 있는 그대로 세상에 인정받을 가치가 있다" "나는 다른 사람의 사랑을 받고 소중하게 여겨지는 것이 당연하다"라는 신념이다. 사람은 이런 종류의 신념을 지녀야 비로소 이 세상에서 살기 위한 갖가지 능력을 발전시킬 수 있는 것이다.

아이들은 자존심 덩어리로 태어난다. 갓난아기란 욕망덩어리이다. 그런 것이 점점 주뼛주뼛해지는 것은 주위에 있는 '자존심 도둑' 들 때문이다. 그것은 바로 부모들이고 형제들이다. 그리고 나중에는 이웃 사람이나 교사가 된다.

그런 의미에서 모든 학교폭력은 그 기원이 가족 안에 있다고 할 수 있다. '학교폭력의 문제' 는 부모 자식의 문제라고 해도 좋을 것이다. 학교폭력의 사실이 모두에게 알려지는 상황에 이르면, 아버지는 학교에 달려가서 "우리 아이에 대한 모욕은 나에 대한 모욕이다"라고 말하는 것도 좋을지 모른다. 그리고 아이가 안전하게 학교에 다닐 수 있게 하라고 요구해도 좋을 것이다.

교사와 얘기해도 잘되지 않으면 교육 위원회에, 그것도 안 되면 변호사에게, 또 나아가서는 매스컴이라는 식으로 문제를 공론화하는 것이 좋다고 생각한다.

어쨌든 가족이라는 벽 속에 문제나 의혹을 가두어서는 안 된다. 가족의 경계(벽)를 결정하는 것이 아버지의 기능이라고 말해 왔지만, 여기에서는 그 벽에 구멍을 뚫고 외부에 크게 공개해야 한다.

"여기에 문제가 있다"라고 큰 소리로 외치는 것은 어머니가 아니고 아버지인 것이다.

내가 제안하는 것은, 제3자를 사회자로 해서 관계자를 한 자리에 모은 모임을 지속적으로 갖는 것이다. 나는 이 방법을 원래는 알코올 의존증 환자 가족이나 아동 학대 문제에 썼는데, 이것으로서 문제에 관련된 각자의 엇갈리는 생각이 차츰 분명해진다.

다만 이 경우, 어디까지나 계속하지 않으면 역효과를 본다. 단 한 번으로 끝내 버리면 오히려 아이들 쪽이 막다른 골목에 몰려 버린다. 가장 졸렬한 것은, 부모의 기분은 개운하게 되었지만 문제는 전혀 해결되지 않고 가해자(학교폭력의 당사자)가 그대로 방치되는 일이다. 가해자도 그들의 존재를 걸고 '정의' 라고 생각해서 폭력을 휘두르는 경우가 많기 때문에, 문제를 공론화시켜 철저하게 하지 않으면 안 된다. 가해자가 자기의 생각이 틀렸다는 것을 인정할 때까지 끈질지게 추궁 해야 하는 것이다.

그것이 불가능하다면 가해자의 축출이나 자기 자식의 전학을 진지하게 생각하지 않으면 안 된다. 아이들의 문제이니까라며 가볍게 보아 넘겨서는 안 되는 것이다. 아버지는 스스로가 옳다고 생각하는 것을 믿고, 그것을 당당하게 표현해야 한다. 이런 일을 하는 기회란 평생에 몇 번 있는 것이 아니기 때문에 철저하게 싸워야 한다. 이런 단호한 자세가 사랑하는 자녀를 지켜 준다. 그리고 사랑하는 자식에게 '살아갈 힘' 을 길러준다.

제1장에서 가해자인 아이를 불러 자기 아이와 악수를 시킨 아버지의 얘기를 했지만, 이 아버지는 그렇게 함으로써 자기 아들의 자

존심을 매우 상하게 했던 것이다. 원래 학교폭력의 피해자는 서두에서 말했듯이 학교폭력의 존재를 인정하려고 하지 않는다. 피해학생이 온몸에 멍이 들었어도 등교를 계속하는 것은 그 때문이며, 부모에게 피해를 말하지 않는 것도 그 때문이다.

피해자 학교에서 폭력을 당하고 있다는 것을 인정하면, 그는 그나마 희미한 자기 긍정을 몽땅 잃게 된다. 그것을 인정하는 것은 그로부터 '살아남을 힘'을 빼앗는 셈이 되며, 그를 한층 더 궁지에 몰아넣게 된다.

대개 학교폭력의 피해자는 다른 사람의 학대나 폭력을 일과성이고 우발적인 것이라고 생각하려고 한다. 또는 장난으로 생각하려고 한다. 발가벗긴 채 학급의 모두로부터 샌드백처럼 두들겨 맞아도, 그는 아이들이 자기를 장난감 취급을 하고 있는 것이며, 자기는 학급의 인기를 얻고 있다는 생각으로 참으며 견디고 있는 것이다.

이 얘기는 실화이다. 그 사람은 서른 살이 된 지금도 그때의 상처가 남아 있어 모든 일에 자신이 없고 직장에 정착할 수도 없으며, 밤에는 공포 때문에 놀라서 잠을 깨는 생활을 하고 있다.

학교폭력을 장난이라고 생각하려고 하는 것은 자기 방어이며, 이렇게 해서 그들은 필사적으로 살아남으려고 하고 있는 것이다. 그러므로 그들을 빨리 구하지 않으면 안 되고, 엉거주춤하는 것은 백해무익하다.

왜 학교폭력에 시달리다 결국 자살해 버리느냐 하면, 살아갈 힘의 원천인 자존심이 완전히 파괴되어 버리기 때문이다. 말하자면 그것이 자기에 대한 학대라고 본인 스스로 충분히 받아들이고 나면 버리면 이젠 사는 것을 단념할 수밖에 없게 되는 것이다.

물론 아이들은 생사의 경계가 어른들처럼 분명하지 않기 때문에, 또 하나의 다른 세계에서 살아갈 수 있을지도 모른다는 막연한 의식은 있다. 그러나 사랑하는 부모 형제와의 영원한 이별이 된다는 것은 잘 알고 있으므로, 죽음을 결심할 만큼 절망의 깊이가 어른들과 다를 바 없다.

최근의 학교폭력은 바로 범죄라고 할 수 있을 만큼 가혹한 케이스가 두드러진다. 그런 보도를 접하고 피해를 입은 아이는 왜 입을 다물며, 거기에서 빠져나올 수 없던가 하고 의아하게 생각할지 모르지만, 그런 데에서 탈출할 수 있는 힘을 지닌 아이라면 처음부터 학교폭력의 피해를 입지 않을 것이다.

나에게 치료를 받으러 오는 사람의 대부분도 힘을 박탈당한 사람들이다. 여기서 그들은 매일 자기 긍정의 훈련을 하고 있다. 이것은 매일 자기를 향해 '나는 사랑받는 것이 당연하다' 라고 생각하고, 쇼윈도우에 얼굴이 비치면 '나는 멋지다' 라고 말하도록 하는 훈련이다. 이런 기초 훈련을 서른 혹은 마흔 살이 된 사람이 할 필요가 있다.

그러므로 학교폭력을 알면 가해 아이와 교사의 대응을 추궁하는 것과 동시에, 부모로서는 자기 아이가 왜 이렇게까지 자기 주장을 할 수 없게 되어 버렸는가에 대해 단단히 눈을 돌릴 필요가 있다.

아이에게 "그래도 괜찮아. 네가 하는 일은 옳다"라는 등의 자기 긍정을 심어 주는 것은 본래 부모가 할 일이지만, 그와는 반대로 가해자와 같은 일을 하고 있는 부모가 적지 않기 때문이다.

그런데 학교폭력을 공개화할 때 피해 아이는 처음엔 싫어한다. 그러나 거기에 교육이란 것이 있는 것이다. 인간이란 자기의 존엄성을 박탈당하면 살아갈 수 없다는 점을 자기 체험을 예로 들어 제대로 전해 주어야 한다.

존엄성이라는 것은 교사에게 칭찬받는 수준의 것이 아니고 자기가 부당하게 모욕당하거나 배제되는 것은 부당하다고 자기 주장을 하는 것이다. 그것이 중요하다는 것을 단단히 심어 주어야 하는 것이다.

그리고 또 하나, 부모가 아이들에게 솔직히 사과하는 일이다. "네가 그토록 힘들어하고 있다고는 생각지도 못했다 미안하구나"라는 말을 해줘야 한다. 또는 부부 관계가 소원하거나 틈이 벌어져 있을 경우는 이것을 계기로 부부 관계를 다시 본다든가 불성실했거나 적당히 하고 있었던 인간관계를 다시 한번 되돌아보는 것은 모두 부모가 할 일이다.

학교폭력은 심각한 심적 외상 후유증을 남긴다. 그리고 심적 외상 피해자는 그후의 인생에서 같은 종류의 심적 외상을 거듭하게 마련이라고 많은 사례가 보여주고 있다. 그러므로 학교폭력 문제는 외면적인 해결과 동시에 아이들 자신의 자존심이나 힘을 되찾아 준다는 본질적인 대처가 필요한 것이다. 그렇지 않으면 아이들은 더 한층 자신은 살 가치가 없다고 확신하고 만다. 학교폭력의 피해가 진정으로 무서운 점이 바로 여기에 있다.

— 딸들의 성비행

텔레폰섹스, 사이버 교제라는 기분 나쁜 말을 일상어처럼 쓰이는 시대가 되어 버렸다. 초등학교 5~6학년생의 10% 이상이 텔레폰섹스를 당한 일이 있다는 통계를 신문에서 본 적이 있다. 한 방향으로 내닫기 시작하면 브레이크가 말을 듣지 않는 우리 사회는 소녀들의 미숙한 성이 상품으로 되어 있는 것을 방관하고 있다는 점에서 세계적으로 보아도 위험한 지경까지 와 있는 것 같다.

일본 남자들의 소녀 취향은 지금 전세계 매스컴의 관심을 모으고 있어, 일본 남자들은 왜 성숙한 여자가 아닌 소녀의 성을 추구하는가?라는 등의 기사가 『뉴스위크』 등에 실렸다. 최근에도 일본의 조사 기관이 각국의 소년 소녀들의 행동을 비교 조사하면서 매춘을 다루자고 했을 때, 그런 것을 조사표에 넣을 수 없다고 여러 외국으로부터 거절당했다는 기사를 보았다.

내 주변에 있던 과식증에 걸린 젊은 여성들로부터 텔레폰섹스의 얘기를 듣게 된 것은 1980년대의 전반이었다고 생각된다. 쓸쓸하다며 먹고 토하는 아이들로서, 손목에는 자해 행위의 상처가 있기도 했다.

그녀들은 도쿄의 유명 대학교나 단과 대학에 다니고 있었는데, 텔레폰섹스로 알게 된 남성들로부터 호사스러운 식사를 한 턱 대접받거나 값비싼 수영복을 몇 벌씩이나 선물받고 있었다. 그렇게 함으로써 자기도 그만한 가치가 있다는 것을 확인하고 싶었던 것이라고 생각한다.

호텔에 가자는 말이 나오면 적당히 도망친다고 말하는 여성들이 많았는데, 그중에는 대학에도 다니지 않고 남자에게 주거와 생활비를 제공받게 된 여성도 있었다. 그 여성은 결국 자살해 버렸다. 성을 파는 일은 사람을 퇴폐시킨다. 자기를 인형으로, 상대 남자를 돈 찍어내는 기계로 여기는 일상 속에서 대등하고 친밀한 인간관계는 우리들 마음의 건강에 불가결한 양분을 고갈시켜 버린다.

이 여성도 포함해서 텔레폰섹스에 빠지는 아이들은 자기 평가가 낮고 다른 사람과의 관계를 만드는 것이 서툰 사람들이었다.

남성 회원으로부터 걸려 오는 전화에 응하는 것만으로 급료를 받을 수 있다는 텔레폰섹스의 조직은 이런 종류의 대인공포증을 가진 여성에게는 매력적인 것이다. 그중에는 이것이야말로 천직이다라고 말하는 여성도 있었는데, 결국은 황폐한 인간관계 속에서 자기를 더욱 평가절하하는 결과를 낳았다.

일부 여성들은 대인공포의 원인을 다른 곳에서 찾아 성형 수술을 열망하게 된다. 여기에는 돈이 든다. 대개는 한 번으로 끝나지 않고, 몇 차례에 걸쳐 수백만 엔이 필요하다. 이 때문에 고액수입의 아르바이트나 후원자가 필요해지는 경우도 있다.

나는 그 무렵 그녀들의 '기능하지 않는 아버지'의 대리 역할을 지금보다도 서툴게 하고 있었다고 생각한다. 당시는 고등학생이나 중학생은 없었지만, 그녀들의 세계관은 놀랄 정도로 유치했다.

어머니로부터 귀엽고 착한 아이의 기대를 받아 소녀시절의 대부분을 열심히 공부하는 아이로 보내는 사이에 거식증이 되고, 학교생활에 적응하지 못하기 시작하면서 이번에는 과식증으로 바뀌었으며, 이내 그릇된 성생활이 시작될 무렵에 이르러서는 어머니를 저주하고 폭행하게 되었다. "왜 낳았어. 태어나지 않았으면 좋았어. 가정교육이 나빴던 거야"하며 퍼붓는 것이었다.

이런 딸들에겐 매춘은 일종의 '어머니 학대'라는 의미도 있다. 어느 조용한 오후 집에 혼자 있는 어머니에게 전화가 걸려 온다. 받고 보니 귀에 익지 않은 남자의 목소리인데, "당신 딸에게 돈을 빌려 주었다. 호텔 앞에서 만나기로 했는데 오지 않는다. 어떻게 된 거야"라고 말한다. 집에 돌아온 딸에게 사정을 물어도 부루퉁해서 대답도 하지 않는다. 집요하게 추궁하는 어머니를 무시한 채 언제까지나 전화 통화를 하느라 여념이 없다. 이렇게 해서 일어나는, 반 광란의 어머니와 딸의 난투 장면도 결코 드물지 않다.

이들에게 공통되는 점은 아버지의 영향력이 적은 집이었다. 어찌 할 바를 몰라 나에게 달려오는 사람은 으레 어머니들이고 그 남편은 전혀 얼굴을 보이지 않는다. 대부분의 남편은 일만 아는 사람인데, 그중에는 알코올 의존증으로 이혼한 아버지, 어머니로부터 버림받은 아버지도 있다. 자살한 여대생의 아버지는 몇 년 전에 대기업에서 독립한 사업이 잘되지 않아 파산한 사람이었다. 그 집안은 경제적인 곤궁에 몰렸지만, 어머니는 딸에게 건 기대를 버리지 않고 유수한 사립 명문 대학에 진학시켰다. 학생의 대부분이 부잣집 자제인 학교이다.

교재를 사는 데도 고통을 겪은 딸은 학교가 정이 들지 않아 고립된 가운데 고등학교 시절부터 습관이 된 과식이 한층 더 진행되었다. 과식하기 위한 식품의 조달에도 곤란해진 딸은 텔레폰섹스에서 매춘이라는 길로 들어서 버렸던 것이다.

이 무렵 그녀를 만난 나는 그녀의 처절한 자기 부정과 부모 불신에 쩔쩔매면서도 이 가족의 관계를 복원시켜 주려고 노력했지만 잘되지 않았다. 어머니는 남편, 즉 자살한 여성의 아버지를 완전히 바보 취급 하고 있었다.

아버지는 자기 아내를 설득하는 일을 단념한 것 같았고, 또 딸의 무리한 생활을 그만두게 할 정력도 갖고 있지 않은 듯했다.

그러나 어머니의 기대가 주는 중압감에 허덕이는 그 여성을 구해 내지 못했다는 점에서 나도 같은 죄를 범한 셈이다. 더 이상 방치해서는 안 되겠다, 그녀는 병원에 수용하지 않으면 안 되겠다고 결심한 내 손을 뿌리치며 빌딩 옥상에서 뛰어내렸고 7일 후에 죽어 버렸다.

15년 전의 이 사건으로 나는 일시 임상에서 떠나 연구생활에만 몰두할 정도의 쇼크를 맛보았다. 이런 변을 두 번 다시 당하지 않기 위해 그후로 여러 가지로 연구하고 있다.

그 하나는 이런 여성들의 대리 아버지의 일을 보다 적극적으로 하게 된 것이다. "그런 생활을 계속하면 못쓴다" "당장 그만두어라" 하고, 이 문제에 대한 나의 의견은 단순 솔직하다. 동시에 어머니로부터 오는 착한 아이 압력에 대해서는 방파제가 되어 준다. 그녀들 한 사람 한 사람에게 관심을 가지고 정신적인 성장을 즐기도록 해주고 있다. 그래도 역시 진짜 아버지가 노력해 주는 것보다 나은 것은 없다. 딸에게 설교하라고 말하는 것은 아니다. 딸의 성장에 관심을 가지라는 것이다.

아버지는 어느 시기엔 딸들이 멀리하는 존재인데, 아버지는 그것을 받아들여야 한다. 이성의 자식에게서는 경원당하고, 동성의 자식에게서는 도전을 받는 것이 바로 아버지인 것이다. 그러나 경원당하더라도 거리를 둔 입장에서 딸에게 더욱더 관심을 계속 가져야 한다. 그런 아버지의 관심과 주목을 받고 있는 딸이 자기 부정과 자기 징벌의 함정에 빠지는 일은 없다.

4 아버지와 회사라는 '종교'

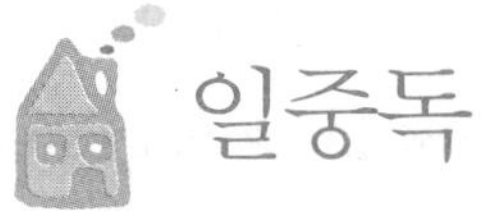

일중독

가족 안에서 남편 또는 아버지의 문제를 보면, 거기에는 남자들은 일만 아는 문제가 으레 깔려 있기 마련이다. 일본에서는 '사나이'와 '일'은 동심일체가 되어 있어, 아버지의 문제를 생각할 때 일의 문제를 빼놓을 수가 없다. 여기서는 아버지를 가족으로부터 떼어 놓는, 일하는 자세의 문제에 대해 조금 살펴보기로 한다.

대부분 남자들의 일에 대한 자세는 이른바 일에만 매달리는 일중독이라고 할 수 있다. 그 사람의 생활시간 가운데 대부분을 일이 차지하고 일 이외의 것은 잊어버리고 있는 것을 말한다. 더군다나 그들은 그것을 깨닫지 못하고 있다. 주변의 남자들이 모두 똑같기 때문이다.

남자들은 대체로 회사에서 정력적으로 일하면서 그런 자기에게 공허감을 느끼는 사람은 없다. 남자들은 그것으로 만족하고 있으며, 그런 자기에게도 도취해 있는 것이다. 그러므로 자기가 일중독에 걸려 있다는 자각이 없다.

이 일중독이라는 것은 남자다움의 병 가운데 대표적인 것이다. '남자다움의 병'은 여자다움, 어린이다움의 병과 마찬가지로 '꾸미는 병'이다. 꾸미는 병은 기본적으로 자기보다는 사회가 요구하는 것을 우선 해버리는 병이다. 사회가 요구하는 남자의 기준을 우선시켜 가는 가운데 그것에 옭아매이는 병이라고 할 수 있다.

말하자면 남자다움이란 다른 사람에게 인정받고 싶다는 소망에 사로잡히는 것이라고 해도 좋다. 그리고 많은 남자들은 일이라든가 생산성이라는 명분 아래 남자다움의 병에 걸려 있다.

물론 일중독에 걸리는 사람은 자기의 의지로 열심히 일하고 있는 사람과 조금 다르다. 특히 일본의 일중독의 전형은 모두가 갖고 있는 일벌레의 이미지와는 많은 차이점이 있다고 생각한다.

정신병리학적으로 본 일본의 일중독의 전형이란 기본적으로 상사에게 고분고분하고 동료를 배려하며 경쟁사회 속에서의 탈락을 두려워해서 불안감이 많고 자기 주장이 적은 사람들이다. 그들은 언제나 다른 사람의 평가나 비평에 신경을 쓰는 나머지 자기 표현을 충분히 할 수 없는 사람이다.

그들이 신경을 쓰는 것은, 전체가 자기에게 무엇을 기대하고 자기가 그에 부응할 수 있는가 하는 점이다. 이런 사람은 다른 사람에게 폐를 끼칠 것을 겁내고 상사의 기대를 저버리지 않기 위해 일을 손에서 놓을 수가 없게 마련이다.

과로사에 관한 보고서 같은 것을 보면 남자들은 사실 매우 어리석다고 할 정도로 일에 매달리고 있다. 그야말로 눈물겹다. 그들은 다른 사람과 경쟁해서 이기는 것을 목표로 하다 쓰러지는 것이 아니라 직장의 따스함이나 안심하고 눌러 있을 수 있는 환경에서 잘려 나가는 것을 두려워한 나머지 과도하게 일을 해서 쓰러지고 있는 것이다.

말하자면 일에만 의존하고 있어도 반드시 생산성이 오르는 것은 아니다. 그런 의미에서 일중독이란 유능한 사람의 병이라고는 할 수 없다. 물론 일부는 유능한 사람이 있을 것이다. 그러나 그런 경우의 유능함이라는 것은 인간관계의 원활로 유지된 유능함이지 이른바 개성적인 일을 할 수 있는 유능함과는 다르다.

이에 비해 미국의 일중독은 실태가 매우 다르다. 미국형 기업 전사의 특징은 공격성과 활동성이라고 할 수 있는데, 예컨대 이런 식이다.

누구보다도 일찍 사무실에 도착하고 한 손에 서류를 든 채 전화를 마구 건다. 무능한 상사는 비판하고 부하에게는 차례차례 단정적인 지시를 내린다. 면밀하게 계획을 세우고 다른 사람의 말에는 귀를 기울이지 않으며 맹렬하게 그리고 정밀하게 일을 한다. 집에 돌아와서도 침대 주변을 서류투성이로 만들어 놓고 일을 한다. 그런 결과 40~50대에 심근경색으로 사망하는 사람이 많다. 이것이 미국형 일중독이다.

일본에서는 이런 타입은 회사 안에서 경원당하여 출세하지 못한다. 『아에라』라는 잡지에 '너무 빠른 출세는 손해를 본다' 라는 특집 기사가 있었는데, 기사의 취지는 정력적으로 능력을 발휘해 온 사람은 그 덕분에 입사 동기들 가운데서 빨리 출세하지만, 결국 자기 주장을 하는 능력 때문에 경원당하여 맨 윗자리까지 출세하기 전에 좌절된다는 것이었다. 어떤 사람은 이런 말을 했다.

50~60대의 임원은 상의하달(上意下達)이 당연한 시대를 경험하며 살아왔다. 그러니 지배욕을 만족시켜 주는 고분고분한 부하가 사랑스러운 것이다. 나처럼 분명하게 말하면 미움을 받는다."

또 대형 증권 회사에서 최연소 임원이 되고 장래 사장감이라는 말을 들었는데도 상무로 멈추고만 A씨에 대해 전 임원이 말하는 코멘트도 흥미로운 것이 있다.

그는 자기의견을 분명히 말하는 인물이다. 그것이 수뇌진에게는 거북했던 것이 아닐까. 지금의 수뇌진에는 실력을 구비하고 이의를 제기할 수 있는 A씨를 감싸줄 만한 도량이 없었던 것이다.

사실 나는 그전에 어느 유명 기업의 간부급 사람들에게 미국형 기업전사 특성의 테스트를 해본 적이 있다. 놀랍게도 이 타입에 들어맞는 사람은 거의 없었다. 그리고 일본형의 소위 착한 아이 특성의 테스트를 하니 모두 손을 드는 것이었다.

일본의 기업이라는 곳은 젊을 때부터 미국형의 행동을 하면 살아남을 수 없을지 모른다. 남의 안색을 살피고 자기를 억제하는 착한 아이 특성으로 사는 편이 출세한다는 것이다.

분명히 일본 재계의 높은 사람들을 보아도 그것을 알 수 있다. 그들 중 미국형은 거의 없다. 그들 대부분은 일본적인 변태성을 몸에 지닌 사람들이다. 즉 일본 사회라는 것은 남의 마음을 세세하게 살펴보면서 사는 수단을 지닌 사람들이 살아남을 수 있는 사회인 것이다. 모두가 그런 실상을 보고 있기 때문에 남에게 배제될 만한 일은 피하게 된다.

그 결과 매우 협조성이 풍부하나 그런 만큼 숨막히는 규제가 둘러쳐진 사회가 되어 있다. 말하자면 일본의 일중독을 생각해볼 때는 그전에 일본 사회 자체를 생각할 필요가 있다는 얘기이다.

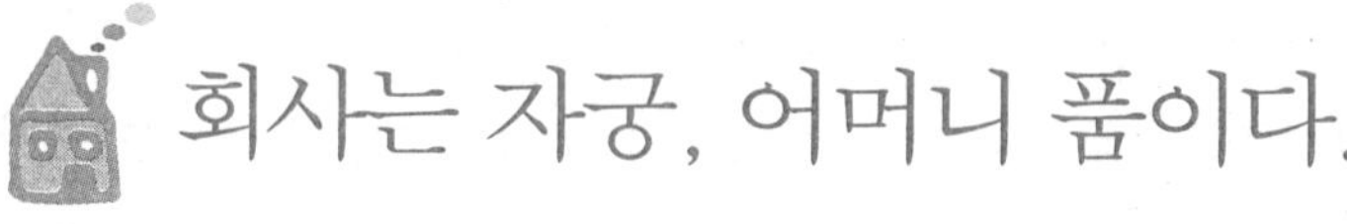

회사는 자궁, 어머니 품이다.

일본의 기업 사회는 가족 비슷한 조직을 만들고 있다. 그것은 또 서로 의존적인 관계라고도 할 수 있다. 서로 의존적인 관계란 단순히 직책상 과장이 계장을, 계장이 평사원을 관리하고 있다는 것만이 아니라 거기에는 정서적인 인간관계가 형성되어 있다. 형처럼 평사원을 돌봐 주는 계장이라든가 부모처럼 부하를 돌봐 주는 부장과 같은 관계가 여기저기 있어 조직의 원할한 회전을 돕고 있다.

상사로부터 지시받은 방법이 반드시 능률적인 것이라고는 할 수 없더라도 그대로 시행함으로써 상사에게 정서적인 서비스를 하는 마치 두목과 부하와 같은 관계가 거기에 있다.

많은 일본의 아버지들은 진짜 가족과 지내기보다는 훨씬 더 긴 시간을 직장이라는 가족과 함께 지내고 있다. 그리고 세세한 인간관계에 정력을 쏟고 있다. "상대는 무엇을 원하고 있는가" "나를 어떻게 생각하고 있을까" "부장은 나를 어떻게 평가하고 있는가" 따위이다.

다시 말하면 회사가 부모이고 아버지들은 자식인 셈이다. 자식으로서 부모인 회사의 인정을 받고 있는가 아닌가 하는 데에만 최대의 에너지를 쓰고 있는 것이다. 그리고 많은 아버지들은 인정받고 있다는 환상 속에서 일하고 있다.

그런데 이 부모(회사)는 엄격한 아버지가 아니고, 유대를 소중히 하는 어머니와 같은 존재이다. 더 심하게 말하면, 많은 아버지들에게 회사란 자궁이라고 해도 좋다. 어머니에게 의존했던 남자들이 더 이상 어머니에게 의존할 수 없게 되었을 때 그에 대신하여 나타나는 새로운 또 하나의 어머니 품이라고도 할 수 있다.

이 어머니 품에 들어가면 그로부터 몇십 년 동안은 어머니인 기업에 감싸여 그다지 골머리를 앓지 않아도 안심하고 지낼 수 있게 된다. 회사가 안전 장치 구실을 해주는 것이다.

물론 당사자의 의식으로서는 "나는 다시 자궁 안에 들어가 태아가 되어 있다"라고는 생각하지 않는다. "내가 없으면 이 조직은 엉망이 되어 버린다"라고 생각하고 있다.

그런 의미에서도 이 관계는 어머니와 자식의 관계와 비슷하다. 자식이란 어리면 어릴수록 "내가 하기에 따라 어머니는 살고 죽는다"라든가 "내가 어머니를 살리고 있다"라고 생각하고 있다. 일본 기업에서 일에만 의존하는 사람이라든가 과로사 예비군은 이런 타입의 사람들이다.

조금 얘기가 옆길로 새지만 퇴근 후의 술자리에는 마담이 있어

아가들을 돌봐 주는데 유능한 마담이란 자기의 여성다움이 아니고 오히려 모성을 충분히 발휘할 수 있는 사람이다. 요컨대 손님의 나르시시즘에서 나오는 아기 언어를 잘 듣고 모성적인 보살핌을 해주는 사람, 즉 유아적인 일중독의 보모 노릇을 할 수 있는 사람이다.

게다가 아버지들은 집에 돌아오면 이번엔 아내를 어머니로 여긴다. 직장에서는 아내 역할을 하는 회사가 있어 돌봐 주고, 퇴근 후에는 마담에게 가며, 집에 돌아오면 이번엔 어머니가 있는 셈이다. 일본의 아버지들은 그런 식으로 도처에서 어머니 노릇을 하는 사람에게 둘러싸여 있다.

그런데 어머니 품이었던 회사에 대한 환상을 뒤흔들어 버린 사건이 몇 년 전에 일어났다. 파이어니어사의 대량 해고 소동이다. 단순히 구조 조정으로 인원 정리를 했을 뿐 아니라 무능을 이유로 해고를 했다. 여하튼 이 구조 조정은 "평생 뼈를 묻을 각오로 일해 온 중견 간부 35명을 무능하다"며 해고한 것이다.

이런 방법은 일본에서 써서는 안 되는 것으로 여겨져 왔다. 그런데 파이어니어사는 미국식 경영 이론을 앞세워 뜻밖에 금기를 깨는 대수술을 감행해 버린 것이다. 똑같이 해고 해도 "유감스럽다"라는 말을 연발하면서 내보내는 것이 일본 기업의 방법이었다.

파이어니어사는 그렇게 하지 않고 무능하다는 이유로 자른 것이다. 당시 일본의 샐러리맨들은 모두 깜짝 놀랐음에 틀림없다. 그 소동으로 "아, 회사란 어느 기간 동안 몸을 맡기고 돈을 받는 그런 곳이다"라고, 당연한 사실을 새삼 깨달은 사람이 많았을 것이다.

최근 몇 년 동안 구조 조정의 태풍이 불어 종신 고용 제도가 위태롭게 되었다. 같은 샐러리맨이라도 젊은 사람의 회사에 대한 의식은 많이 변했다고 생각된다. 즉 오늘은 내 몸이지만 1년 뒤에는 어떻게 될 것인가 하는 의식이 생겼다고 여겨지는데, 이런 감각이야말로 성숙된 사람의 당연한 감각이 아닐까 여겨지는데, 회사에 대해 "여기는 내가 얼마동안 머물 장소에 불과하다"라고 생각할 수 있으면 이것은 바로 모체로부터 나왔다는 얘기가 된다. 회사와 자기는 부모 자식의 관계가 아니고, 계약에 바탕을 둔 대등한 관계라는 의식이다. 대등하다는 것은 기업이 잘되지 않아 자기가 필요 없게 되면 자기도 떠난다는 것을 당연한 일로 받아들이는 사고방식이므로, 더 이상 소속 의식에 매달릴 수 없다.

이것은 어머니 품에서 놀고 있던 샐러리맨으로서는 대단히 쓸쓸하고 가혹한 일이다. 특히 지금의 젊은이들이 가엾은 것은 지금까지 자식을 적게 두는 풍조 속에서 부모의 소중한 아이로 살아왔지만, 느닷없이 쓸모 없어지면 버리는 상품과 같은 취급을 받는 체험을 하게 되었다는 점이다.

이것은 실로 쓰라린 일임에 틀림없다. 그러나 "아, 한평생 돌봐주는 곳이란 어디에도 없구나" 하고 생각하면서 매일을 사는 그런 시대로 들어가는 것이 지금부터의 샐러리맨이 아니겠는가.

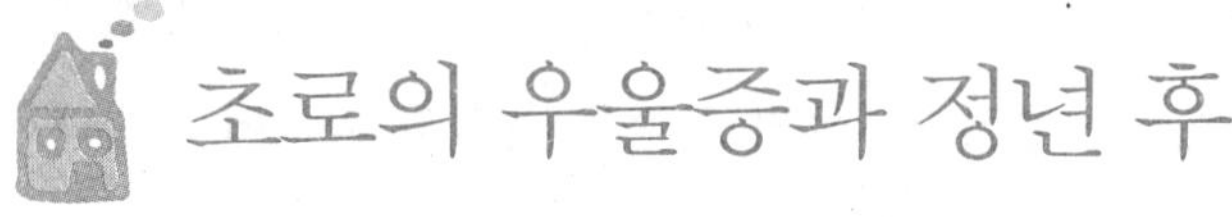

초로의 우울증과 정년 후

쉰 살 가까이 되어 초로의 우울증에 걸리는 비지니스맨의 사례가 늘고 있다. 여기에 걸리기 쉬운 사람의 성격에는 특징이 있다. 무엇보다도 꼼꼼하다. 고분고분하여 가혹한 회사 명령이라도 열심히 실행한다.

이런 사람들은 젊을 때는 상사들로부터 틀림없이 사랑을 받는다. 하여간 통솔자로서는 조금 문제가 있지만 그런 것은 젊을 때는 별로 드러나지 않는 데다가 손발처럼 일하며 또 고분고분하므로 윗사람의 좋은 점도 잘 흡수한다. 그러니 출세도 해왔을 터이다.

그러나 문제는 그들이 중간 관리직에서 더 높이 올라가 더 많은 사람을 통솔하여 판단을 해야 할 때 생긴다. 어느 방향으로 가야할지 그들은 그에 대한 결단을 내리지 못하는 것이다.

30대 정도까지는 유능하고 수완가라는 말을 듣던 인물이 실제로 중요한 판단을 내려야 할 입장이 되거나 여러 가지 일을 동시에 해

내야 하는 입장에 서면, 어느 쪽으로도 나가지 못하고 주춤한 자세를 드러낸다. 영업 사원으로서는 대단히 유능했던 사람이 지점장이 되자마자 무능하게 되어 버리기도 한다.

이런 사람들은 옛날식 말로 하면 '집착 인격'이라고 불리는데, 모든 일에 곧잘 구애받고 꼼꼼하여 한 가지도 허술하게 하지 않는다. 다른 사람의 평가에 과민하기 때문이다. 우선 순위를 정하지 못하고 유연하게 일을 할 수 없는 사람이다. 이런 사람이 초로의 우울증에 걸리기 쉬운 것이다.

자기의 한계를 인정할 수 있는 자기긍정적인 사람은 대충 자기 인생의 목차 같은 것을 만들고 있기 때문에, 대체로 몇 페이지까지 왔는가, 슬슬 끝낼 때가 되었다는 것을 안다.

그러나 그것이 보이지 않는 사람은 눈앞의 일만 하고 있는 사이 어느 날 갑자기 커다란 벽에 부딪히는 체험을 하게 된다. 자기를 이끌어 준 선배가 모두 은퇴하거나 고인이 되자, 서둘러 자기가 해 온 일의 의미를 다시 따져 보는 등 어울리지 않는 일을 시작한다.

이것을 18~20세의 젊을 때 한다면 그 터널을 빠져나간 뒤에는 풍요한 인생관을 지닐 수 있을지도 모르지만, 쉰 살이 되어서 한다면 그저 무기력하게 된다. 인생이 헛되었다라든가, 얼마 간의 저축이 있다고 해도 그런 것은 일순간에 없어질 것이라는 생각에 사로잡힌다.

초로의 우울증에 빠지기 쉬운 사람이 더 오래 사는 길은 단 한 가지이다. 우울증과 같은 쓸쓸함은 누구나 갖는 것이고 자기는 조금 그것이 늦었으며 고민스러운 것은 당연하다고 인식하는 것이다.

고민도 은총이다, 쓸쓸한 것이 무엇이 나쁜가 하고 생각하면 되는 것이다. 또는 쓸쓸함 속에 떠돌고 있는 자기를 의식하고, 주변의 색깔과 형태, 느낌을 이해하여 그대로 받아들인다. 이런 것은 바쁘게 살고 있으면 점점 멀어져 버리는데, 그 편이 오히려 좋지 않다. 나는 이것을 '성숙한 사람의 쓸쓸함'이라고 부르고 있지만, 거기에서 여러 가지 창조성이 솟아나오는 보고(寶庫)인 것이다.

성숙한 사람은 쓸쓸하다고 느꼈을 때 무엇을 하는가 하면 우선 친한 사람을 찾아가거나 불러내려고 하고, 그것이 무리라면 친밀한 사람과의 충실한 관계를 마음속에 그린다. 행복한 자기(또는 자기의 인간관계)를 곧장 생각해 내는 것도 성숙한 사람의 조건 중에 하나이다.

벌써 오래 전에 죽은 옛날 사람과도 대화를 한다. 그것은 독서를 하면서 대화하는 경우는 바로 이런 것이다. 요컨대 정신적으로 성숙한 사람은 고독한 때에도 '다른 사람과 함께' 있는 것이다. 혹은 자기 자신과 대화할 수도 있다. 지금 눈앞에 있는 풍경에 대해서 얘기하는 경우도 있으며 절박한 위험상황이 되면 그것을 극복할 작전 회의에 몰두할 수도 있다.

이런 자기와의 대화는 인지 행동 요법(認知行動療法) 등에서 말하는 셀프토크(혼자말하기)와는 다르다. 셀프토크는 독백이고, 내용은 자기 비판이다. 이 경우의 결론은 자기 평가절하이다.

이에 비해 자기와의 대화는 어디까지나 대화이고, 나는 이것을 1.5인의 대화라고 부르고 있다. 이런 자기와의 대화는 공상이고, 꿈이며, 놀이이다. 그런 가운데 시나 소설이나 그림이나 음악이나,

그외의 많은 창작이 탄생된다.

말하자면 쓸쓸함은 성숙한 사람의 놀이와 공상과 창작의 보고인 것이다. 40~50대가 되어 그 동안 잠자고 있었던 창조성에 눈뜬다는 것은 참으로 멋진 일이라 할 수 있다.

또 최근에는 중년의 비지니스맨이 돌연 증발해 버리는 사례가 많다고 한다. 증발하기 직전까지 그들은 불만 하나 없이, 그 징후가 전혀 보이지 않는 케이스가 대부분인 모양이다. 이것은 심인성 도주(心因性逃走)라고 불리고 있는데, 여기에는 심적 외상의 체험이 관계하고 있다.

보통 심적 외상이라고 하면 전쟁이나 자연 재해, 사건에 말려든 것과 같은 중대한 심리적 · 사회적 스트레스가 원인이라고 생각되지만 실은 취업이라는 일상적인 행위 안에도 심적 외상으로 개인의 심신에 영향을 주는 요인이 있는 것이다.

즉 가혹한 직장 환경도 충분히 심적 외상의 요인이 된다는 말이다. 호황기에는 컴퓨터 관련 업종의 중간 관리직, 불황기에는 금융업의 상급 관리직에 가끔 이 심인성 도주의 사례가 많이 보인다고 한다.

이에 비해 대도시 은행들에서 흔히 간부급이 부정융자 등을 해주어 회사에 막대한 손해를 입히는 사건이 있는데, 이런 탈선을 일으키는 사람은 앞에서 말한 초로 우울증에 걸리기 쉬운 사람과는 다른 타입의 인간이다. 초로 우울증에 걸리는 사람에겐 이런 배짱은 없다.

거꾸로 말하면 자기의 인생에 벽이 보였을 때 리스크가 있는 일에 빠져 드는 것은 우울증에 걸리지 않는 하나의 방법이기도 하다. 그들은 인생의 벽을 느끼면 그것을 어디까지나 부정하는 것처럼 또 다른 세계로 날아가려고 한다. 온건한 방법으로서는 탈샐러리맨 전직을 하거나 다시 한번 꽃피우기 위한 무모한 계획이나 이전부터 익힌 도박에 빠져들거나 사람에 따라 갖가지이지만, 어쨌든 일탈의 행위로 나아간다.

몇 년 전에 어느 신탁 은행에서 그 나름대로 유능했던 사람이 비행기 공중납치를 한 사건이 있었다. 대단한 경력을 가진 것은 아니었지만 꿈을 꾸고 있었을 때는 확실히 나름대로 유능했던 것 같다. 그의 경우도 아마 어디에선가 벽이 보이고 말았을 것이다. 그 무렵 그는 애인을 두고 있었다.

이것도 남자다움의 병인데, 남자는 어디선가 자기의 사나이다움에 박수를 쳐주는 사람이 없으면 쓸쓸한 것이다. 당신은 사나이답다라든가, 유능하다고 말해 주는 사람이 없으면 무너져 버린다. 나르시시즘을 보장해 주는 사람이 필요한 것이다. 그것은 단순히 애인이나 섹스의 상대라고 하는 간단한 얘기가 아니다.

아내나 자식은 나르시시즘을 보장해 주지 않는다. 오히려 감시자가 되어 있다. "나는 내 자신을 희생해서 당신이 일을 할 수 있도록 해주고 있으니 출세해야 해요"라든가, 일찍 돌아오면 "그렇게 해서 출세하겠어요"라는 등의 말을 하는 아내가 있다.

사택에라도 살고 있으면 아내는 출세 경쟁에 말려들어 이것저것 재촉한다. 그러므로 이런 아내와는 다른 나르시시즘을 보장해 주는 여성이 필요하게 된다는 얘기이다.

자기의 꿈을 좇는다는 등 큰소리만 치고 실제로는 아무것도 하지 않는 남자가 흔히 있다. 이런 남자에게는 주변에 대체로 그런 여성이 있게 마련이다. 즉 유아적이며 또한 자기애적인 부분을 지탱해 주고 있는 여성이다.

이런 의미에서 이 비행기 공중 납치범도 애인이 필요했을 것이다. 그러나 금전적으로 고통스럽게 되어 현실 문제로서 파탄이 점점 가속됨으로써 최후에는 자폭해 버린 셈이라고나 할까.

하여간 어딘가 존대하고 오만하지만 실질적으로는 무능력하여 가상적인 초능력 같은 것을 믿고 있는 남자는 꽤나 많이 있다. 그런 남자가 벽이 보이기 시작한 때의 발버둥이 일탈이라고 할 수 있을 것이다. 인생의 벽이 보이기 시작했을 때 우울증에 걸리는 사람 그때까지의 인생에서 일탈해 가는 사람이 있지만 가장 많은 것은 아무것도 느끼지 못한 채 정년 퇴직하는 아버지들이다.

정년을 맞아 책상을 향해 가볍게 인사하고 떠날 때만 조금 감상적으로 되는 타입의 사람들이 사실 가장 문제인 것이다. 그날 저녁은 "아버지 수고하셨습니다"라는 등의 말을 식구 모두에게서 듣고 기분이 좋지만, 그러나 다음 날부터는 따분한 지옥의 고통이라고 할까, 비에 젖은 낙엽 신세여서 "당신, 어디 가는 거야" 하며 아내의 쇼핑에 따라가기도 한다.

아내도 처음에는 집안일을 익히니 괜찮겠다고 생각하지만 차츰 귀찮게 여긴다. 남편이 없는 동안에 아내가 만들어 온 인간관계를 그가 붙어다님으로써 깨버리기 때문이다. 그런 가운데 아이들과 마찬가지로 아내에게 "가지 마"라며 매달리는 듯한 눈길을 보낸다. 그런 속에서 결국 그 사람이 가진 세계관의 유치함이 자꾸 드러난다. 그리고 점점 치매 현상을 보인다. 이쪽이 비극으로서는 훨씬 더 심각할 것이다.

오늘날 도시에서 시민 생활을 하면서 대단히 큰 문제는 매일을 그 전날과 똑같이 지내고 있는 것이라고 생각한다. 이런 모습에서 정신을 차리라는 얘기이다. 변화를 주지 않으면 단조롭게 되어 버린다. 매너리즘에 빠진다. 같은 장소에서 같은 인간관계로 같은 일을 되풀이하면서 지낸다. 이것은 매우 위험하다.

단조롭다는 것은 그 속에서 편안함을 느껴 그것만이 세계의 전부가 되어 버린다는 것을 의미한다. 그 이외의 세계에 대해서는 대인공 포가 되고 배타적으로 된다. 그것이 위험한 것이다. 새로운 경험으로 틀림없이 얻을 수 있는 약간의 모험적인 변화를 거부하게 되고, 점점 더 단조로운 생활은 그 도가 심해진다. 단조로움을 따분하다고 느끼지 못하면 감정 마비가 되어 버린다. 게다가 쉬지 않고 그 단조로움 속에서 맴돌고있으면 로봇화가 시작된다.

예컨대 하고 있는 업무의 취급액이 몇 억 몇십 억이라는 거액이 되어 있어도, 거기에서 사용되는 논리는 단순하고 소박한 것으로 퇴행한다. 그렇지 않다면 거품경제 때의 그처럼 무모한 대출 따위는 일어나지 않았을 것이 틀림없다. 어디선가 성숙한 사람으로서는 이상하다는 낌새가 있어야만 했다. 즉 단조로운 세계 안에서 로봇화된 사람은 차츰 아이로 되돌아가는 것이다.

결국 우리는 자기 앞에 펼쳐지는 시간을 자기 힘으로 어떻게 구성하는가 하는 문제에 직면하게 된다. 남자들은 “일 이외의 무엇이 당신인가?" 하는 질문을 받기에 이르렀다. 그리고 비로소 "일을 해서 얻은 수입으로 어떻게 살 것인가" 하는 생활방법의 문제에 도달하게 된다.

이럴 때 다른 사람이나 세상의 눈에 신경을 써서 '다른 사람이 나를 어떻게 평가할까' 따위의 일로 여가를 사용해도 아무런 의미가 없다. '내가 도대체 무엇을 바라며 살 것인가' 라는 의식을 갖고 나아갈 수밖에 없다.

그런 의미에서 우리가 지금 필요로 하고 있는 것은 "우리는 일 때문에 무엇을 빼앗겼는가" 하는 발상이다. "무엇을 되찾지 않으면 안 되는가" 하는 가치의 재탈환이다.

학교에서의 성적 경쟁에서 비롯되어 여러 가지 조건 속에서 경쟁에 몰려, 보상받거나 처벌을 받기도 하고, 명예가 수여되거나 박탈당하기도 해왔다. 그래서 경쟁하는 자, 투쟁하는 자, 이성을 부양하고 보호하는 자라는 역할에 푹 빠져 왔다. 그 이외의 자기라는 것을 생각하는 것도 어느 사이 없어져 버렸다.

더욱이 우리가 하고 있는 지금의 일이란 땅을 갈아엎어 씨를 뿌리고 그것을 쪼아먹으려고 날아오는 까마귀와 싸우는 그런 세계가 이미 아닌 것이다. 전철을 타고 사무실에 가서는 사람들을 만나고 돌아온다. 땀을 흘리는 직업을 싫어하고 언제나 방취제를 뿌리며 샴푸를 쓴다. 투쟁한다고 해도 상징적인 의미밖에 없고 언제나 현실감이 없다.

이런 곳에 살면서도 더욱더 스트레스만은 쌓여 간다. 우리는 다시 한번 우리가 '빼앗겨 온 것' '잃은 것' 을 깊이깊이 생각해야 한다.

아버지는 부재인가

아버지는 일에만 의존한다라는 전제하에, 남자는 처자를 부양해야 비로소 제구실을 하는 성숙된 사람이라는 생각이 있다. 아버지의 역할 가운데 이른바 '먹이를 운반하는' 이 한 가지 점만 돌출되어 있는 것이다. 다른 중요한 역할을 무시해도 이것만 하고 있으면 된다는 믿음이 있었기 때문이다.

이와 같은 이른바 '아버지 부재' 의 청구서가 가족 내에서 갖가지 현상, 병이 되어 현재 나타나고 있다. 그러므로 지금 문제시되고 있는 것은 아버지 부재의 현상을 성립시키고 있는 것을 재검토하는 것이라고 할 수 있다. 첫째는 아버지의 일하는 자세와 직장의 존재 양상에 대한 재검토이며, 둘째는 아버지 자신의 의식 변화이다.

아버지들의 일하는 자세의 전제로는, 서두에 말했듯이, '처자를 먹여 살린다는 환상' 이 있다. '남자는 일, 여자는 가사' 라는 성별 역할이 당연하다는 사고방식이다. 이것은 원시 시대 이래 줄곧 이어온 것이어서 앞으로도 언제까지나 계속된다는 착각이 있는 것처럼 생각되는데, 과연 그럴까.

한 집안의 주인은 여자를 먹여 살린다. 남자에게 기본적으로 부담이 되는 이 사상은 도대체 언제부터 뿌리를 내린 것일까. 석기시대적인 생활을 하는 수렵채집 민족에 관한 최근의 인류학적 조사에 의하면, 그들이 필요로 하는 식량의 70%를 여자들이 캐내는 뿌리 채소류로 충당되었다고 한다.

남자들은 활 쏘는 솜씨를 닦고 그물을 손질하여 새나 물고기를 잡으러 가지만, 대개는 빈손으로 돌아온다. 그리고 여자들이 캐온 고구마를 먹는 것이다.

우리는 줄곧 이런 식으로 살아온 것이 아닐까. 남자만이 먹을 것을 벌어 온다는 남녀 관계 자체가 최근에 비롯된 부자연스런 풍습인지도 모르는 것이다. 적어도 일본의 경우에서 말하면, 에도(도쿄의 옛 지명)시대까지만 해도 여자는 글자 그대로 땀투성이가 되어 일했다. 남자가 일한 것으로 모든 것이 충족되는 것은 극히 일부 계층에 불과했다. 그것은 사무라이들인데, 그것도 대부분의 경우 겉만 번지르르했다.

예컨대 500명의 사무라이 중에 사무라이다운 사무라이는 50명도 안 되었다. 그밖의 사무라이는 농사를 짓거나 무엇인가 만들어 팔아서 살았던 것이다. 한 지방의 영주라 할지라도 500명 사무라이의 가족들까지 먹여 살릴 쌀은 배당되지 않았을 것이다.

500명이 되는 사원 모두에게 급료가 지급되고, 그것으로 그 가족들이 살아갈 수 있게 된 것은 극히 최근, 메이지 시대도 한참 지난 후의 이야기이다. 극히 최근까지 여자도 일을 했기 때문에 가족이 어떻게든 먹고 살 수 있었던 것이다.

제2차 세계대전 후 그것은 보통이 되어 있었다고 할 수 있는데, 현재도 사정은 비슷하다. 주택 융자나 과도한 교육 자금을 안고 한 사람의 남자가 한 집안을 먹여 살린다는 것은 역시 일부 사람들의 얘기가 되어 있다.

하여튼 남자는 일, 여자는 가사라는 제도는 대단히 사치스러운 제도인 것이다. 그런 사실을 염두에 두지 않으면, 오늘날 남자들이 짊어지고 있는 책임의 무게가 보이지 않는다. 그런 것은 극히 최근에 형성된 단순한 환상, 이데올로기라고 할 수 있을 것이다.

그래서 나는 이런 것을 제안하고 싶다. "남자들이여, 그런 책임, 환상은 내던져 버리자"라고 말이다. "이젠 일은 그만두겠어. 제발 여자도 한몫 해다오"라고 손을 드는 것이다. 나아가 "내가 정말로 살고 싶은 방법을 택하자. 회사는 일한 만큼 급료를 받는 곳이면 된다"라고 생각하는 것이다.

그렇게 함으로써 현재와 같은 아버지 부재의 기반은 하나하나 무너지는 것이 아닐까. 맡은 일을 재조정함으로써 어머니도 사회에 진출하는 것과 동시에 아버지도 육아에 더 관여할 수 있기 때문이다.

아무튼 자녀를 키우는 일이란, 나도 충분히 즐기지 못했지만 재미있음에 틀림없다. 많은 남자들은 이 기회를 놓치고 있다. 원래 성숙한 사람은 육아를 통해 '자기 안에 있는 아이'를 활성화시킬 수가 있다. 이 '마음 속의 아이'는 상처받기 쉬운 응석받이이지만, 삶을 즐길 줄 알고 있다. 현재 상황을 그대로 받아들일 수 있기 때문에 부드럽지만 강하다.

그러므로 지금까지 육아에서 배제되어 온 남자들이 육아의 쾌락을 알게 되면, 그중에는 그것만 하겠다며 회사를 그만두고 '보부(保父)' '주부(主夫)'가 되는 사람이 나와도 당연할 것이다.

현실적으로 30대 정도의 남편 중에는 아내와 함께 임신을 경험하고 임부교실에 다니거나 아기 목욕 연습을 하거나 함께 분만실에 들어가 진통을 겪는 등 좀 지나치지 않나 싶을 정도이지만, 그렇게 해서 함께 경험하는 사람들도 적지 않다.

한편 아내 쪽이 일하기에 적합하다고 해서 일을 하는 경우도 있을 것이다. 원래 자녀를 적게 두는 시대여서 취업 인구도 점점 줄어든다. 사회적으로 보아도, '남자는 일' '여자는 집'이라는 분업체제는 가까운 장래 유지될 수 없게 될 것이다. 그리고 여성이 풀타임으로 일을 하게 되면, 육아도 가사도 점점 남성과 나누어 분담해야 한다.

핵가족의 결점은 육아와 노인 문제인데, 그들을 보살펴 줄 시설인 양육 시설이나 고령자 보호 시설에서는 아무래도 힘든 일을 할 남자가 필요하게 된다. 여자가 일을 함으로써 남자의 새로운 직종도 늘어가는 셈이다.

더욱이 육아가 아내 혼자의 손에 맡겨지는 것이 아니고 아내 · 남편 · 보모 · 보부라는 복수의 손으로 이루어진다. 이것으로 최근 수십 년 계속되어 온 핵가족 내의 두꺼운 벽 안에서 일어나고 있었던 갖가지 문제, 이를테면 마더 콤플렉스, 모녀 밀착, 섭식 장애, 가정 내 폭력 등의 문제에서 벗어날 수 있을지도 모른다.

나는 가족이 붕괴되어 없어지기보다 아버지가 변함으로써 새로운 가족, 즉 개정판 아버지 · 남편과 개정판 어머니 · 아내가 생겨나 가족은 유지되어 가는 것이 아닌가 하는 기대를 하고 있다.

그렇지만 현재의 상황이 변하는 데에는 많은 시간이 걸릴 것이다. 그럼 현재의 상황이 변하지 않더라도 직장환경이 변하지 않더라도, 지금 아버지들은 무엇을 할 수 있는가. 그에 대해 생각해 보기로 한다.

아버지 부재라는 말을 들으면 당장 자식들을 불러서 설교하는 아버지가 있다. "세상이라는 것은 말야!" 하고 시작한다. 이것은 아무 의미도 없다. 그런 말을 하는 사람에게는, 설교 따위를 하기 전에 당신은 자식들이 갓난아기였을 때 기저귀를 갈아 주었으며, 배설물로 손을 더럽힌 적이 있느냐 하고 묻고 싶은 것이다.

또는 제1장에서 말한 이치로 선수나 타이거 우즈의 아버지처럼 함께 무언가에 몰두하는 가운데 조언을 해주고 있느냐 하고 묻고 싶다. 그런 것도 하지 않고 관념적인 설교를 한대서야, 아들을 죽인 고등학교 교사와 같이 자식에게서 "당신 의견을 듣고 싶은 거야"라는 반발만 살 것이다. 적어도 그런 접촉도 없이, 단지 설교하거나 한계 설정을 한다면, 그것은 학대가 되어 버린다.

한편 최근의 젊은 아버지들처럼 출산부터 입회하고, 기저귀를 갈고, 목욕시키는 것만으로는 아버지의 일을 하고 있는 것이 되지 않는다. 몇 번이나 말하지만, 어머니와 같은 뒷바라지만이 중요한 육아가 아닌 것이다.

테니스의 혼합조와 같은 것이어서 두 사람이 함께 하나의 공을 치려고 해도 게임은 잘 되지 않는다. 아버지밖에 할 수 없는 영역에서의 육아 · 자식 기르기가 있다고 생각하면, 남편은 아내의 육아에서 부하 역할을 할 필요가 없는 것이다.

제1장에서 부모의 세 가지 역할에 대해 언급했다. 즉 '안아 주는 것', '한계 설정을 하는 것' 그리고 '자식 떼어 놓기'이다. 이중에서 후자의 두 가지가 주로 아버지의 일이라고 했다. 아버지는 현재 이 영역의 자식 기르기에 대해 중요한 역할을 담당하고 있다는 자각과 긍지를 가질 필요가 있다고 생각한다.

그러나 현실에서는 자식 기르기에 자신을 상실하고 있는 아버지가 적지 않다. 자신 상실이라기보다는 무책임이라고 해야 할지도 모른다. 가정을 아내(어머니)에게 맡기는 것으로 충분하다고 생각하고, 자기는 직장 안의 아이 역할을 즐겨 왔다. 그런 즐거움을 잃기 싫은 일념으로, 자식 기르기에서는 아내가 상사이고 자기는 부하인 것처럼 행세하며, 아내가 말하는 대로 움직이고 있는 것이다. 이런 상황 아래서 '아버지로서의 자신감' 같은 것이 생겨날 리가 없다.

때때로 자식들과 어떻게 대화를 하면 좋은가 하는 질문을 받는데, 나는 대화를 늘리는 방법은 단 한 가지, 아버지의 매력에 좀 더 자신을 가지는 것이라고 대답해 주고 있다.

아버지는 어머니가 할 수 없는 다른 기쁨을 자식들에게 줄 수 있다. 어려운 일이 아니다. 예컨대 품에 안는 것 하나만 해도, 거대한 근육의 힘은 어린 아이에게는 대단히 매력적이다. 야구의 캐치볼이나 축구 등 몸을 움직이는 것이라든가 자동차로 멀리 가보는 것도 자식들에게 새로운 감각과 세계를 열어준다.

그렇게 함으로써 아들이건 딸이건 자식들은 몸을 움직이는 것이 즐거운 시기가 되면, 어머니보다 아버지와 있는 편이 즐겁고 아버지를 따르게 된다. 그리고 이것이 어머니와의 밀착에서 자식을 떼놓는 것이 된다.

더욱이 사춘기가 되면, 아버지는 자기의 사회적 경험을 자식에게 얘기함으로써 어머니의 걱정이나 충고와는 다른 비전을 자식에게 줄 수가 있다. 이런 것이 매우 중요한 자식 기르기라는 자각이 아버지에게는 없는 것 같다.

어머니라는 수렁에 발이 잡혀 살려 달라고 외치는 자식의 손을 잡아끌어 올려 구조하는 것이 아버지라고 앞에서도 말했지만, 아버지가 그런 역할을 제대로 함으로써 자식은 어머니라는 수렁에 발이 잡히지 않아도 되는 것이다.

젖을 짜낼 수 있는 아버지상

아버지로서 더욱 간단한 역할도 있다. 예컨대 자식이 어릴 때 밤이나 휴일에 부모와 같은 방에 있는 광경이다. 부모는 이따금 힐끗힐끗 자식을 보면서 책을 읽거나 얘기를 하고 있다.

그런 양친이 즐거운 듯이 평화스러우면 자식은 충분히 부모의 인정을 받고 있다고 느끼며, 그런 가운데 혼자 있을 수 있는 능력을 발달시켜 간다. 이것이 자식에게는 가장 안도감을 주는 광경인 것이다.

이와 반대로 부모가 불화로 싸움만 하고 있으면 논외의 일이지만, 아버지가 어머니를 무시하기 때문에 어머니(아내)가 필요 이상으로 자식에게 관심을 쏟고 속박하거나 하면, 자식은 불안해지고 침착하지 못하며 혼자서 노는 능력을 발달시킬 수가 없다. 그리고 부모에게 인정받고 있지 않다는 불안은 만나는 사람 모두에게 미쳐, 대인관계가 잘되지 않는 결과에 이른다.

부모가 즐거워하고 있는 광경이라고 말했는데, 사실 아버지의 중요한 역할에 아내와의 관계를 한층 더 충실하게 하는 것이 있다고 생각한다. 아내와 좀 더 자주 마주보라는 것이다. 아내를 어머니로 만들어 버리고, 아가멤논 공포가 없는 관계는 잘못되어 있는 것이다.

그처럼 가족의 근본이 이상하므로 어머니는 자식에게 필요 이상으로 간섭하고 기대하는 비정상적인 관계가 되어 버리는 것이다. 어머니가 아버지와 마주 앉게 되면, 자식은 혼자 남게 되는 셈이지만, 자식의 성장에는 그것이 필요하다.

이런 말도 할 수 있다. 건강한 딸은 사춘기가 되면 아버지에게 혐오감을 느낀다. 그리고 아버지는 아들에게도 경원당한다. 아버지도 그런 것을 느끼고 빠져 버린다. 이런 상태를 그대로 두는 편이 좋은지 나쁜지는 어려운 문제지만, 그럴 때야말로 자기를 아버지에서 남편으로 바꿔 아내와의 관계로 되돌아가면 좋다.

말하자면 자식을 어떻게 구슬릴까가 아니고, 아내와의 관계를 과감하게 변화시키는 것이다. 함께 여행한다든가, 테니스를 한다든가, 아내와 둘만의 시간을 만드는 것이다.

내 주위를 보아도 자녀가 사춘기가 되면 부부 둘만의 생활을 되찾으려는 사람이 많은 것 같다. 자녀가 없는 공간을 확보하는 것은 자녀를 구슬리는 것보다 훨씬 유효하다. 적어도 어머니의 감독·속박 속에 있는 자식은, 어머니가 아버지와 마주보고 있음으로써 자기가 혼자 남게 되는 것이 좋은 효과를 가져온다. 그렇게 함으로써 결과적으로는 딸과 아버지의 관계도 자연스워 진다.

어쨌든 가족을 가진 이상 맨 아래 아이가 사춘기의 중간을 넘으면(일단 15세라고 해두자), 다시 한번 부부가 원점으로 돌아가라는 것이 나의 제안이다.

현대인의 병은 대인공포증(다른 사람에게 자기를 열지 못하는 병)이라고 단언해도 좋을 것이다. 그런데 다른 사람과의 관계를 가질 수 없는 사람이 자꾸만 늘고 있다.

아들과 어머니이건 일란성 모녀이건 어머니와 밀착된 자식이 늘고 있는 것과 그것은 비례하고 있는 것이다.

'친구와 같은 아버지와 아들' 이라고 불릴 만한 부자에도 이런 경향이 보인다. 그들이 동질의 부모 자식 관계 안에서 모든 것을 해결하고, 밖에서의 이질적인 교제를 배제하거나, 거기에서 멀어지기 일쑤이기 때문이다.

아들이 사춘기에 들어 어머니를 귀찮게 생각할 무렵, '상냥한 아버지' 가 어머니 기능을 대행해 버리면, 세 번째의 탄생을 방해해 버린다.

아이들은 다른 사람을 발견해가는 단계에서 우선 사이 좋은 그룹을 만든다. 또래 그룹이라고 불리는 비슷한 아이들끼리의 집단으로서, 이질적인 아이를 배제한다. 동질성을 중요시하는 이 사이 좋은 그룹은 초등학교에서 사춘기 초기(중학생 정도까지)의 친구들이다. 사춘기도 중기에서 후기가 되면 이질적인 분자들로 성립되는 귀족 그룹을 만든다.

여기서는 오히려 서로의 이질성을 즐기게 된다. 그것은 이성이나 이상한 모습의 사람이기도 하고, 개성 있는 감성을 지니기도 한 그런 이질적인 인간이 존경받기도 한다.

사람은 이런 발달의 과정을 거치는 것이지만, 이 구분에서 보면 친구와 같은 부자(父子)는 폐쇄적이며 동질성이 높은 또래 그룹이라고 할 수 있다. 그런 속에서 자식이 마음 편하게 안정되어 버리면 사춘기에 들어 밖에서 이질적인 사람과의 만남을 즐기는 능력이 향상되지 않는다.

그래도 아버지가 풍부한 대인 관계를 가진 사람이어서 휴일 같은 날 아버지의 친구들이 찾아와 함께 논다면 괜찮다. 그러나 친구와 같은 부자관계를 만들고 있는 아버지는 직장 밖에서 친구가 별로 없기가 일쑤이다. 이런 아들은 상냥하고, 다정하고, 공손하다는 특징을 보인다. 많은 여자 친구와 얕은 관계는 가지지만, 결코 그 이상의 관계를 가지려고 하지 않는다. 깊은 곳에 잠복해 있는 타인 불신을 따뜻해 보이는 외관으로 덮고 있으므로 결혼을 하는 경우가 있지만, 아내가 된 여성은 결국 살풍경한 고독감에 사로잡히게 될 것이다.

그렇다고는 해도, 가족끼리 때로는 융합하고 때로는 멀어지는 생활 공동체가 현재의·도시 생활 속에는 거의 없다고 생각된다. 모두 가족 단위로 일을 처리하고, 하나하나의 가족이 이웃과의 연대가 없이 모래알처럼 뿔뿔이 제멋대로 가족집단을 만들고 있다. 그런 가족이 도시를 형성하고 있는 것이다. 이런 패쇄적인 도시의 가족에 공통된 것이 대인 공포라고 할 수 있다.

어머니와 융합된 아이들에게 그림을 그리게 하면 평면적인 그림을 그린다. 앞뒤의 굴곡이 없는 그림이다. 그러나 여기에 아버지라는 다른 존재에 대한 인식이 생기게 되면 그림이 입체적이 된다.

말하자면, 어머니와 자식의 2차원적 인식에서 아버지라는 요인을 보탠 3차원적 인식이 되는 것이다. 인간관계도 따라서 복잡해진다. 이것은 아이들에겐 일종의 혁명이라고도 할 수 있는데, 어머니와 밀착된 아이들은 어른이 되어도 2차원적인 사고의 꼬리를 남겨 버린다. 어머니나 어머니 대신의 절대자와 결합하는 것만을 소중하게 여기는 생활 태도는 자기완결적이고 자기애적이며 그리고 대인 공포증을 갖는다.

물론 이런 관계의 발달은 3차원에서 끝난다고 생각하지 않는다. '집' 을 초월하여 다른 사람과의 만남에 이어짐으로써 사람은 4차원적인 인식을 가질 수 있는 것이다. 그러나 3자 관계가 만들어지면 인간관계는 일단 제 궤도에 들어선 것이라고 해도 좋다.

결론적으로 가족이나 사회의 존재의의가 재검토되고 있는 지금이야말로 아버지의 역할은 대단히 중요하다. 그 때문에라도 아버지의 역할에 대한 관심이나 평가가 더욱 활발해져야 한다. 여기서 필요로 하는 아버지란 단순한 권위적인 아버지가 아니라, 여성다움도 지니고 있는 아버지, 이른바 젖을 짜낼 수 있는 아버지이다.

육아를 통해 자기 안에 있는 아이를 활성화시킬 수 있다고 앞에서 말했는데, 자기 안에 있는 아이란 중년 남자들의 마음 안에서 질식하기 시작하고 있는 진정한 자기를 말한다. 아버지들은 이 '진정한 자기', '마음속의 아이'의 소리에 귀를 기울이는 습관을 가져야 한다. 아이들처럼 생활의 모든 것에서 놀이를 발견하여 그것을 즐기는 능력을 기르는 것이 중요하다. 아이들 고유의 호기심을 되찾아야 하는 것이다.

동시에 미래의 자신, 즉 노인도 만나 보아야 한다. 이것은 단순한 꿈이 아니다. 수 년, 수십 년 뒤의 자기에 대한 확고한 이미지 작업이다. 한 사람의 노인이 자기 앞을 걸어가고 있는 모습을 이미지하는 것이다. 곧 머리 모양, 복장, 걸음걸이 등을 머리 속에 그려 보는 것이다.

가령 기운찬 걸음걸이로 착실하게 앞으로 나아가고 당당하며 위엄이 넘치는 인물, 그런 노인을 상상하면 당신은 결국 그런 사람이 된다. 이 미래의 노인은 현재의 평범한 동작이나 목소리 속에 이미 얼굴을 내밀고 있는 것이다.

중년기의 사람은 과거 어린 시절의 유연함과 미래 노인의 지혜와 마음 든든함 사이를 왕래할 수 있는 위치에 있다. 아이이기도 하고 노인이기도 한 자기를 일단 받아들여 보면, 그외의 다양한 자기가 보인다. 남자이지만 여성다움도 지니고 있다는 것, 장점이 약점이기도 하고 약점이라고 여겼던 것이 장점이기도 하다는 사실을 등을 알 수 있게 되는 것이다.

이처럼 자기 안에 있는 갖가지 가능성에 눈을 뜨면, 경직된 아버지의 이미지, 남성다움의 신화는 퇴색해 버릴 것이다. 그 대신 등장하는 것은 여성다움을 풍부하게 지닌 아버지이고, 활동성과 호기심을 고갈시키지 않는 아이와 같은 아버지이며, 다가오는 죽음을 수용하면서 삶을 즐기는 유연하면서도 강한 아버지일이다.

아버지가 변해야 가족이 행복하다
- 멀어진 아버지 가까워진 아빠 -

초판 발행 1999년 2월 25일 | 개정2판 발행 2002년 5월 18일 | 개정2판 2쇄 발행 2002년 8월 5일 | 개정3판 1쇄 발행 2007년 5월 1일 | 지은이 / 사이토 사토루 | 옮긴이 이규은 | 펴낸이 임용호 | 펴낸곳 도서출판 종문화사 | 출판등록 1997. 4. 1. 제22-392 | 주소 서울시 종로구 통의동 35-24 광업회관 3층 | 전화 (02)735-6893 | 팩스 (02)735-6892 | E-mail/jongmhs@hanmail.net | 값 9,800원 | | ISBN 978-89-87444-69-7-03830

* 개정판은 많은 독자들의 충고로 「아버지가 변해야 가족이 행복하다」를 부족한 부분과 오역한 부분을 수정하여 출간 하였습니다.